La Promesa de Elena

R.G.Molina

Copyright © 2015 R.G.Molina

Primera edición: Mayo 2015

Índice

CAPITULO I

Nochebuena

Pablo abrió el portón de la casa y metió el coche por el camino asfaltado de acceso. Observó a la derecha el magnífico jardín que su madre tenía en aquel tramo, siempre estaba perfectamente cuidado aunque se empeñaba en hacerlo ella misma. No entendía como no contrataba un jardinero, era demasiado trabajo para una mujer sola pero a pesar de que se lo había aconsejado en muchas ocasiones nunca le hacía caso, ni siquiera él podía tocar nada de aquella especie de mausoleo natural.

Las rosas eran su flor preferida y estaba plagado de rosales aunque ahora, con el frío que hacía en esta época del año no tenían flores pero aún así, estaban cuidadosamente arreglados.

Su mujer le acompañaba, iba sentada en el asiento de atrás junto a la sillita de su pequeño, un bebé de apenas once meses que dormía plácidamente y que hacía las delicias de su abuela.

—No sé porque se sigue empeñando en vivir aquí sola.
—Tienes que respetar su vida, ella nunca te dice como debes de vivir tú.
—Ya, pero es que aún es joven, debería salir por ahí, me preocupa, es socia de una empresa próspera en la que siempre ha trabajado, tiene dinero y ha pasado su vida viajando por el mundo y ahora…
—Quizás sea por eso cariño, tal vez está cansada de ir de un lado para otro.
—¿Pero por qué tiene que vivir aquí, en este viejo chalet que se cae a pedazos?, podría hacerlo en su bonito piso de Madrid o comprarse una bonita casa de campo si es que no quiere estar en la ciudad, pero aquí…
La muchacha se arrugó de hombros, si su suegra quería permanecer allí era su elección, sabía que su marido sentía verdadera pasión por su madre y ella también la adoraba, era una

mujer encantadora y sumamente bella para sus más de cincuenta años. Pablo aparcó justo delante de la puerta.

—Este último año ha estado muy triste, parece que nada le interesa.

—Ya verás como estas Navidades serán distintas, está muy ilusionada con el niño.

En cuanto paró el motor, la puerta de la entrada se abrió y apareció su madre en el umbral, estaba magnífica, llevaba un precioso vestido de color azul que se le pegaba al cuerpo, era largo hasta los pies, sostenía en la mano una copa de vino blanco y sonreía con la cara totalmente iluminada por la felicidad.

—Ya están aquí mis chicos.

Pablo descendió del coche y abrió la puerta a su mujer.

—¡Vaya mami, estás radiante!

Ambos la besaron con cariño, estaba deliciosamente bella, se había cortado el pelo que había llevado durante años largo en una media melena ondulada que le favorecía. Su nuera la miraba con admiración.

—Es verdad Elena, ese corte te sienta pero que muy bien.

Ella rió abiertamente y miró hacia el coche con impaciencia.

—¿Dónde está mi niño?

—Ha venido durmiendo todo el camino.

Su nuera, a la que todos llamaban Bel abreviando su nombre de Belinda, volvió hacia el auto y sacó al pequeño, este lloriqueó un poco al principio sintiéndose molestado de su confortable sueño pero se calló en cuanto vio las lucecitas de colores con las que su abuela había decorado toda la entrada y su carita sonrosada comenzó a sonreír al ver a su abuela a la que inmediatamente lanzó los brazos para que le cogiera en ellos. Ella le pasó la copa que llevaba a su hijo y le cogió.

—Vaya, Nicolás, estás hecho todo un hombrecito.

El pequeño emitía alegres balbuceos y risitas cómplices dejándose abrazar y besar por aquella mujer a la que llamaba Tata.

—Vamos adentro, aquí hace frío.

Entraron los tres, la casa sí que había sido reformada en su interior, tenía calefacción por todos los rincones además de una preciosa chimenea que estaba encendida en el salón, todo el suelo era de madera y Elena solía caminar descalza por él. Pablo observó el enorme árbol que su madre había colocado en el salón y que llegaba casi hasta el techo, era un abeto natural y estaba repleto de adornos navideños, al pie se hallaban colocados numerosos paquetes envueltos en papel de regalo, Pablo se volvió hacia ella.

—¡Está precioso!

—¿Pensaste que no iba a poner adornos en la primera Navidad de mi nieto?

Nunca anteriormente lo había hecho, no parecían gustarle nada aquellas fiestas, quizás sí al principio, siendo él muy pequeño, pero recordaba que cuando tenía unos diez años comenzó a observar que su madre odiaba todo aquello, aunque disimulaba ante él, sabía que no le gustaba, la había oído llorar por las noches y eso había hecho que tampoco le gustaran a él. Ahora, admirando todo aquello y viendo el rostro feliz de su madre sintió que el haber tenido a su hijo le había devuelto a ella una felicidad que tal vez había perdido en algún momento de su vida.

—Tomemos una copa y brindemos antes de la cena.

—Yo la prepararé, ¿qué quieres beber tú, Bel?

—Tomaré del vino que está bebiendo tu madre.

Elena llevó al niño hasta el árbol dejándole tocar con sus pequeñas y regordetas manitas todos aquellos adornos mientras Pablo se dirigía a la cocina. Sacó dos copas más y tomó la botella que se hallaba abierta en el frigorífico, miró a su alrededor y vio un suculento banquete. Su madre tenía todo perfectamente dispuesto sobre la mesa de madera que se hallaba justo en el centro de aquella cocina moderna decorada en tonos rojos y blancos. Volvió de nuevo al salón con las copas y la botella en las manos.

—¿Vendrá la prima Silvia?

Su madre se giró hacia él.

—Ya sabes que sí, hace años que cena con nosotros en esta noche.

Era cierto, durante años recordaba que ella y su marido Esteban, que además era el abogado de su madre, cenaban con ellos en Nochebuena. El chalet en el que se encontraban había sido propiedad de sus padres, Elena les hizo una muy generosa oferta por aquel caserón y Silvia les convenció para que se lo vendieran a su prima. Pablo nunca había entendido como pudo comprarles aquella casa.

—Será mejor que vayamos preparando la mesa del salón, estarán a punto de llegar y quiero tenerlo todo listo. Al parecer este año seremos uno más porque Enrique va a traer a una chica con la que mantiene una relación estable.

Enrique era el hijo del matrimonio de algo más de veinte años, estudiaba para abogado como su padre y era el orgullo de la prima Silvia, que lo adoraba.

—¡Vaya!, así es que el muchachito de cara angelical tiene novia.

Pablo quería mucho a aquel joven. Sería divertido tener a alguien más a la mesa, le daría un toque de novedad a una cena en la que su madre y Esteban siempre acababan hablando de negocios.

Bel ayudó a su suegra con los preparativos mientras Pablo se hacía cargo del niño que no paraba de tocarlo todo. Cuando la mesa estaba prácticamente lista oyeron un coche y su madre se dirigió corriendo a la entrada, parecía nerviosa y ese estado no le había pasado desapercibido a su hijo que la conocía como a la palma de su mano o al menos eso creía. Los invitados entraron y se produjeron los abrazos y saludos, Enrique presentó a su novia, una agradable jovencita de pelo negro corto y brillantes ojos azules, estudiaba también abogacía y se habían conocido en la Facultad de Derecho. Pablo observaba a su madre, pareció susurrar algo en el oído de Esteban y ambos se dirigieron hacia otra sala en la que Elena tenía un precioso despacho en el que había también otra gran chimenea que mantenía encendida.

Ambos desaparecieron por aquella puerta y su madre cerró tras de sí no sin antes dedicarle una sonrisa a su hijo que la miraba intrigado, anteriormente nunca se había encerrado a hablar con Esteban de aquella forma durante una cena familiar.

—Tengo que tratar unos temas con mi abogado, Pablo querido atiende mientras a nuestros invitados.

Silvia se dirigió hacia él y le cogió del brazo cariñosamente.

—Vamos cariño, tomemos una copa de vino, déjales con sus cosas. Ya sabes cómo son esos dos, se toman demasiado en serio su trabajo.

Prácticamente le arrastró hasta la mesa aunque él no podía dejar de mirar hacia aquella puerta. ¿Qué diablos tendría que hablar con Esteban?, nunca había tenido secretos en temas de trabajo con ninguno de los presentes.

Elena le hizo sentar en uno de los cómodos sillones y sirvió dos copas del coñac que sabía que tanto le gustaba y que guardaba en el pequeño mueble bar que tenía en una de las esquinas. Se sentó a su lado apoyando su mano suavemente sobre la rodilla de él.

—¿Entonces, está todo arreglado?

—Sí, querida. Lo he dispuesto todo para que no haya ningún problema.

—¡Han pasado tantos años!

—Me ha costado mucho tiempo y te va a costar una pequeña fortuna pero ahora, al fin, podrás cumplir tu juramento y descansar tranquila.

—¡Mi juramento!

Elena pareció sumirse por un momento en el pasado y los ojos se le llenaron de lágrimas.

—¡Vamos, vamos Elena! Creí que te alegrarías.

—Y lo hago, de verdad, lo que pasa es que siento nostalgia, todo esto me ha hecho recordar aquellos días. Estoy contenta de poder hacer al fin lo que me pidió pero tengo miedo al desplazamiento, es un poco como profanar su cuerpo.

—Solo son restos, ya no queda nada, su espíritu siempre estará a tu lado, tú le has mantenido vivo durante todos estos años.

—¿De verdad lo crees?, muchas noches me parecía escuchar pasos por la casa, era como si él deambulara por ella sin rumbo por eso te pedí que hicieras lo que has hecho y me consiguieras poder llevarle al lugar en el que me dijo que quería descansar.
Esteban la miró con cariño, a veces pensaba que aquella mujer estaba loca, loca de amor por alguien a quién apenas conoció.

—Escucha, todo se hará en el mayor de los secretos, no habrá complicaciones legales y por fin todos descansaremos tranquilos.
—Sí claro. ¿Has redactado mi testamento de nuevo?
—Tal y como me dijiste.
Esteban abrió el maletín que siempre llevaba consigo y sacó unos papeles que le tendió a ella.

—Solo tienes que firmarlos.
—Sé que Pablo se sentirá sorprendido de todo esto, por ello he estado escribiendo una declaración durante este último año que guardo en mi caja fuerte, quiero que se lo hagas llegar. Ahí le explico todo lo que pasó y la elección de mi última voluntad: descansar a su lado. Sé que le costará pero que no pondrá pegas al respecto.
—Elena, aún eres muy joven, pasarán muchos años antes de que…
Ella le miró con resignación.

—Me estoy muriendo Esteban, probablemente estas sean mis últimas Navidades entre vosotros.
Esteban la miró atónito, no podía ser verdad aquello. Ella le sonrió con dulzura.

—Nadie sabe nada y quiero que siga siendo así, el mes que viene partiré para Rumania como está planeado, tú me acompañarás para asegurarte de que todo salga según lo previsto. Después regresarás y le entregarás a mi hijo la declaración de la que te he hablado, le asesorarás y ayudarás en todo.
—No puedes hablar en serio.

—Muy en serio, estoy enferma desde hace un año y he rechazado la medicación y la ayuda que me ofrecían voluntariamente. Firmé un papel en el que eximía a mi médico de cualquier responsabilidad, aunque sí que acepté tomar drogas para soportar los dolores y que ninguno de vosotros lo notaseis, por ello te pedí que aceleraras todo. Me dieron un año de vida y se cumplirá en dos semanas, lo único que me mantiene viva es llevarle hasta allí y descansar a su lado.

—No puedes hacerme esto.

Esteban estaba petrificado, era demasiada responsabilidad que solo él lo supiera.

—Tú me lo debes, hice lo que hice siguiendo los consejos de Silvia que pensaba en tu bienestar en aquel momento. Ahora te pido que me devuelvas el favor.

—Ninguno de nosotros pedimos pasar lo que pasamos, no fue culpa de nadie.

—Tampoco lo fue suya, su familia jamás supo lo que le había ocurrido y eso es algo que tendré que asumir ante Dios si es que existe un Dios al que rendir cuentas. Ahora mi único deseo es que salgamos ahí fuera y pasemos la mejor noche de nuestra vida todos juntos, yo me siento feliz como no lo había sido durante los últimos veinte años. Seca tus lágrimas, he dedicado mi vida a mi hijo y sé que lo he hecho bien, dejó que eligiera el nombre de mi nieto y eso es algo que me llenó de alegría, ahora deberá entenderme y sé que lo hará.

Esteban la abrazó, la quería mucho, ella secó sus ojos con la palma de sus manos y se levantó con la misma dignidad de siempre, hubiera sido una gran dama de la interpretación. El hizo lo mismo y la siguió. Elena abrió la puerta del despacho sonriendo y avanzó por el salón como una diosa inmortal dirigiéndose a sus invitados, él la miraba con admiración. Jamás comprendió como una mujer así podía haber sufrido tanto por un amor con el que había compartido apenas unas horas, podría haber tenido a cualquier hombre que hubiera querido pero nunca lo hizo, se mantuvo fiel a un recuerdo. En ese momento supo que ella no moriría nunca porque había muerto el mismo día en que perdió a Nicolae y que ahora podría al fin reunirse con él.

CAPITULO II

Nicolae

Dobló la esquina y se encontró en una ancha avenida, observó las luces de todos los comercios con curiosidad, todo era luz y emanaba esa alegría propia del ambiente navideño. Había escuchado cosas sobre Madrid pero nunca imaginó que fuera tan grande. Aspiró el aire frío y cerró los ojos tratando de recordar cómo era esa época en su país, las bolsas que llevaba en sus manos le pesaban ahora más de la cuenta. Había decidido comprar de todo desde que cobró su primer sueldo con su trabajo de peón en una obra y ahora lo había hecho. Mañana sería sábado y pronto llegaría la Nochebuena. Disponía de un pequeño cuarto en un piso compartido en el centro y aunque no era realmente un sueño, para él era suficiente. Sus otros dos compañeros eran también rumanos de una ciudad muy próxima a la suya y con ellos podía recordar su tierra y compartir inquietudes por lo que no se sentía especialmente triste. Había dejado a sus padres y hermanos lejos pero su esfuerzo merecería la pena, seguro que sí. Sus otros compañeros llevaban más tiempo en Madrid y le aseguraban que todo era mejor aquí.

Caminó por Bravo Murillo hasta llegar a su calle, giró a la derecha y bajó paseando tranquilamente, entonces lo vio, un coche, un BMW aparcado a un lado con dos tipos dentro. Imaginó en el acto que eran paisanos suyos, de su mismo país, un escalofrío le recorrió la espina dorsal a pesar de que no les conocía de nada. Hizo su paso más lento, tenía un especial instinto para las cosas y algo le decía que aquellos hombres no estaban ahí para nada bueno. Podía ver el humo de sus cigarrillos que cargaban el ambiente del coche en el que estaban sentados, pero no hablaban, tan solo estaban ahí, esperando. De pronto apareció otro en escena, surgió del portal en donde él vivía con sus otros dos compañeros, era un tipo muy alto y delgado, moreno y de aspecto cruel. Se dirigió directamente hacia el coche y abrió la puerta de atrás pero no subió. Se detuvo un momento y volvió su rostro directamente hacia él, le miró con una intensidad que le dio verdadero terror.

Conocía bien a tipos así, había muchos en su país, gente que estaba en mafias y asuntos sucios. El hombre alto le sonrió pero él no se sintió mejor, sintió que aquello no era una cortesía sino una especie de aviso, agachó la cabeza y aceleró ahora el paso para llegar al portal. Escuchó el ruido del motor del BMW acelerando calle abajo y ni siquiera entonces pudo respirar a gusto. Subió las escaleras tan rápido como pudo y abrió la puerta del piso con el corazón palpitando tan fuerte que parecía querer salirse de su pecho. Se dirigió directamente a la cocina para dejar las bolsas y vio a sus dos compañeros sentados delante de sendos vasos de whisky con clara evidencia de preocupación. El trató de evitar hablar del tema, fuese lo que fuese quería estar al margen.

—Vaya, ¿habéis empezado a celebrar sin mí?

Hablaban en español entre ellos para hacerse antes con el idioma, era una especie de pacto surgido entre los tres y todos lo respetaban, pero su amigo Alex le contestó en rumano y supo entonces que, aunque no quisiera, iban a hacerle partícipe de lo que él ya sabía había sido una visita desagradable.

—¿Has visto salir a alguien del portal Nicolae?

—¿Debería?

Aún no sabía si debía darse por enterado o no y al formular esa pregunta sabía que se lo aclararían. Su otro compañero, Claudiu, le miró con gesto grave pero se dirigió a Alex.

—No sé si deberíamos meter al chico en esto.

Alex se rió de forma nerviosa.

—Creo que es lo mínimo que podemos hacer por él, ¿no crees?, cuánto antes lo sepa mejor, no tenemos mucho tiempo.

Nicolae comenzó a sacar el contenido de las bolsas, realmente no quería saber nada de aquello, lo único que deseaba era preparar una estupenda comida rumana.

—Deja eso Nico y siéntate con nosotros.

Alex le dijo aquello pero no pareció una sugerencia, ni tampoco una orden, era como una súplica, un ruego. Nicolae se sentó frente a los dos y se sirvió un poco de whisky en uno de los vasos, lo necesitaría seguramente.

—¿Viste o no al hombre que salió del portal?

—Sí.

—¿Sabes quién es?

Nico miró a Alex con precaución.

—No sé su nombre pero sé reconocer a alguien así.

Claudiu decidió explicar el tema al muchacho, no parecía que su compañero fuese a hacerlo de la forma más adecuada.

—Sabes que nosotros ya llevamos más de un año aquí y que nuestros comienzos no fueron especialmente, como decirlo, no fueron especialmente agradables.

—Algo me dijisteis.

—Ese hombre nos ayudó cuando llegamos, nos proporcionó algo de dinero para poder pagarnos un piso de alquiler y poder comer al principio.

Nico asintió pero no dijo palabra alguna.

—Tuvimos que hacerle algunos "favores", ya sabes, algunos trabajos no precisamente honrados.

Alex estaba nervioso, volvió a servirse una copa y encendió un cigarrillo. Claudiu continuó relatando.

—El caso es que le debemos "algo".

—¿Por qué?

—Bueno, ya sabes cómo funciona esto, nadie da nada por nada. En su momento nosotros nos buscamos un trabajo en cuanto tuvimos nuestros papeles en regla y acordamos con él dejar todo eso, pero ya sabes, ahora necesita algo y tenemos la obligación de devolverle el favor.

Se quedaron en silencio unos instantes. Nico bebió su whisky, sabía que en algo le salpicaría todo aquello.

—El tema es que necesita a tres personas, sabe que tú estás aquí y quiere que entres.

—¿Yo?, no creo que sea una buena idea.

—Bueno, se lo hemos explicado pero parece no entenderlo, piensa que tú a tu vez le debes algo. Al fin y al cabo estás con nosotros, en un piso que él nos proporcionó en su día y…

—Ya veo por dónde vas, pero yo no quiero saber nada de vuestros asuntos. Me asegurasteis al principio que no estabais metidos en nada sucio por eso me decidí a venir a España con vosotros.

Claudiu se inclinó hacia él con ternura, sólo era unos tres años mayor que él pero le cuidaba como un padre cuida a un hijo.

—Lo sé Nico y así era, cuando tú llegaste ya no teníamos que ver con él, pero ahora ha surgido esto y…. créeme que lo siento pero no podemos hacer nada al respecto. Tenemos la obligación de devolverle el favor y es ahora cuando nos lo pide. No podemos decir que no, sería un error hacerlo ¿comprendes?

—Lo comprendo perfectamente pero no estoy conforme, no quiero…

Alex pareció perder la paciencia y los nervios.

—No se trata de lo que tú quieras o consideres o mierdas, solo queremos que lo comprendas y lo aceptes no nos queda otra

¿entiendes? Así que quiero estar seguro de que no cometerás ninguna tontería ni nada por el estilo, que mantendrás la boca cerrada y no nos causarás problemas ¿de acuerdo?

Claudiu miró a su compañero con rabia, no quería hacerlo así, aunque sabía que no tenían escapatoria posible. Se volvió a Nicolae y trató de suavizar las palabras de su compañero.

—Solo será esta vez, te lo prometo, un trabajo rápido y sin riesgos. Lo haremos en condiciones, todo bien planeado y sencillo, nadie herido y luego podremos descansar todos a gusto.

Nico se levantó de su silla y comenzó a meter la comida en la nevera, decididamente se le había quitado el hambre. Cuando terminó salió de la cocina sin mediar una palabra con sus compañeros, abrió la puerta de su habitación y la cerró suave y mecánicamente tras él. Se tumbó en la cama y miró alrededor, era un cuarto pequeño, apenas había sitio para la cama y un armario que le servía de ropero. No podía creer que por vivir en aquel sitio tuviera que pagar un precio tan alto, recordaba las palabras de su madre cuando le dijo que quería venirse a trabajar a España: "no quiero que te metas en temas raros ¿me oyes? que ni tu padre ni yo tengamos que avergonzarnos de tí ". Cerró los ojos a los que habían asomado unas lágrimas y se trasladó mentalmente a su casa en Rumanía, en Brasov, al sureste de la región histórica de Transilvania, dominada por el monte Tampa de 957 metros de altura, capital de la provincia de Brasov cuya porción Sur comprende las Montes Cárpatos (Cárpatos Meridionales y Orientales) con los macizos de Făgăraş, Bucegi, Piatra Mare, Piatra Craiului y Postăvaru. Hacia el Este se extiende la Depresión de Braşov, separada del Valle del Río Olt, hacia el Oeste, por los Montes Perşani. Su ciudad, fundada en 1211 por caballeros teutónicos, la ciudad más grande del país después de Bucarest.

La ciudad que abandonó con la esperanza de una vida más próspera. Se durmió con esa idea en su cabeza y soñó con los suyos mientras sus compañeros se servían una última copa en la cocina.

—¿Crees que lo hará?

Claudiu miró a Alex con mirada perdida.

—Lo único que sé es que todo esto es una mierda, no deberíamos seguir arrastrándonos y sometiéndonos a tipos como Viorel.

Bebió su vaso de un trago y se levantó de golpe. Mañana sería otro día, quizás lo verían todo más claro y con más calma, tal vez no fuese tan grave, quizás el favor fuera menor de lo que habían creído. Sacudió la cabeza sonriendo, desde luego no se trataba de una mudanza o alguna chapuza casera, eso seguro. Le pareció divertida la idea, no se imaginaba a Viorel pidiéndoles que le hicieran la mudanza de su casa, se dirigió por el pasillo hasta su habitación y la cerró tras de sí. Mañana lo vería.

CAPITULO III

La decisión

Nicolae se despertó de golpe., todo estaba en silencio y no entraba luz alguna por su pequeña ventana, imaginó que debía ser muy temprano. Normalmente se levantaba a eso de las seis de la mañana para llegar pronto al trabajo y supuso que sería sobre esa hora. Miró en su muñeca: las seis menos diez, su cuerpo no sabía de días festivos, automáticamente abría los ojos a diario sin necesidad de ninguna alarma. Vio que se había dormido tal cual se tumbó en la cama, por lo único que se había movido fue por la necesidad de abrigo durante la noche, al parecer se había arropado con la vieja manta que cubría su camastro sin apenas moverse del sitio. Le dolía la cabeza, recordó entonces la conversación de la noche anterior con sus compañeros, meditó durante unos instantes tumbado aún. Quería que fuese un mal sueño pero se dio cuenta de que no era así, había sido real, recordó la cara de aquel tipo alto y delgado sonriéndole y le maldijo para sus adentros. Claudiu le dijo que sería algo sencillo, sin riesgos, bueno, si quería seguir allí debía de hacerlo, no tenía otra opción. Al igual que sus compañeros, decidió no preocuparse hasta saber de qué se trataba. Se dio cuenta de que le asaltaba un hambre atroz y fue consciente entonces de que no había comido nada desde el día anterior a las dos de la tarde, saltó de la cama y se dirigió al baño común al fondo del pasillo, una ducha le vendría bien y le despejaría. El baño se encontraba al lado de la habitación de Claudiu y escuchó a este hablando por el móvil, se detuvo un segundo, no le gustaba escuchar conversaciones ajenas, no le habían enseñado así sus padres pero lo que decía le concernía.

—No habrá ningún problema con el chico Viorel no te preocupes, creo que lo entenderá perfectamente. Es como un hermano para mí y absolutamente legal, si acepta te aseguro que no se echará atrás ni nos supondrá ningún peligro, pero deja primero que yo hable con él.

En cuanto lo haya hecho podremos quedar esta tarde en algún sitio para hablar del asunto.

Nico se desnudó, abrió el agua de la ducha y se metió debajo, hacía frío en aquel cuartito de baño pero no lo sintió. El agua caliente cayó sobre él como si se tratara de agua bendita, comenzó a frotar su cabeza y su cuerpo con el jabón tratando de no pensar más en el tema. Cuando acabó se sintió mucho mejor, tras vestirse se dirigió a la cocina y decidió preparar algo suculento. El olor de lo que cocinaba y el ruido hicieron que Claudiu se uniera a él.

—Buenos días Nico.

Lo dijo en español, él levantó la cabeza y le saludó con un gesto.

—¿Dormiste bien anoche?

—Sí, gracias.

—¿Has pensado en lo que hablamos?

—Creo que no tengo muchas opciones si deseo continuar aquí con vosotros ¿no?

—No quiero que te sientas obligado a nada, créeme que lo siento.

Nicolae sirvió café en dos tazas, le puso leche y sirvió clatitet (crepés servidos con chocolate caliente y mermelada flambeados con vodka) en dos platos que puso en la mesa. Se sentó enfrente de Claudiu que le miraba divertido.

—¡Vaya!, parece que te has levantado con ganas de cocinar ¿eh?

Nicolae comenzó a dar cuenta de sus crepés, ni siquiera le miró al hablar.

—¿Sabes ya de que se trata?

—¿El trabajo?

—Bueno, está bien que lo llames así.

Dio un sorbo a su café.

—Sé que es algo de un blindado pero tendremos los detalles esta tarde, teníamos que estar seguros de que aceptarías hacerlo antes de que nos contara todo.

Nicolae levantó la vista y le miró sorprendido.

—¿Un blindado?, creí que iba a ser algo sencillo, un blindado requiere armas y no estoy dispuesto a…

—Escucha, sé que suena mal pero no es como lo imaginas, al parecer Viorel tiene a alguien dentro, un confidente ¿entiendes? Me ha asegurado que no habrá ningún problema, además tú tendrás el trabajo menos arriesgado, te lo aseguro.

Claudiu dio otro bocado.

—Esta tarde iremos a verle y lo sabremos todo con detalle pero te aseguro que no voy a permitir que te suceda nada malo ¿de acuerdo?

Sonó un móvil y Claudiu se dirigió a su habitación, habló durante unos minutos y luego regresó a la cocina con aspecto sombrío.

—Esta tarde nos veremos con Viorel a las cuatro en la calle Augusto Figueroa, allí tiene uno de los muchos pisos que posee, tomaremos café, beberemos rachiu (aguardiente de orujo) y nos pondrá al corriente del asunto.

Nicolae asintió, ya no podía hacer nada más, estaba dentro, no había marcha atrás. Si salía bien podría continuar con su vida y su trabajo en España, si algo fallaba podía terminar en la cárcel o sencillamente muerto. En la primera opción sus padres ni siquiera se enterarían de lo que había hecho, en la segunda… bueno, en la segunda ya poco le importaría lo que pensaran porque tenía claro que no iría a la cárcel. Antes prefería morir que soportar esa vergüenza pero no dijo nada a su compañero, se limitó a ir a su habitación, recoger un poco y arreglarse para salir. Se puso unos vaqueros, eligió una de las camisas que guardaba para ocasiones algo más especiales y calzó sus deportivas preferidas. Cogió su cazadora negra y salió por el pasillo decidido a visitar Madrid.

Siempre había soñado con ver países y España le cautivaba, por lo menos lo que hasta ahora, en apenas mes y medio de estancia en Madrid, había conocido. Sus compañeros le habían subido a Navacerrada el último fin de semana aprovechando que ya había nieve y le fascinó, no era claro como en su país donde las nevadas eran abundantes en invierno pero le entusiasmó ver a la gente esquiando y los chiquillos disfrutando con sus trineos. No tenía ningún problema con el idioma, había practicado bastante antes de venir y en cuanto estuvo aquí se adaptó como pez en el agua aunque, claro está, no lo dominaba del todo. Por eso habían decidido hablar entre ellos en español, aunque se encontraran en casa solos. Luego, en su trabajo en la obra, estaba rodeado de españoles por lo que necesariamente tenía que hablar en castellano para entenderse con ellos y su progresión había sido realmente espectacular. Salió por el pasillo y se despidió de Claudiu que aún seguía sentado en la cocina.

—Voy a dar una vuelta por la ciudad, quiero ver la Plaza Mayor de la que tanto me habéis hablado, la Puerta del Sol y todo aquello. Picaré alguna cosa por allí y volveré a eso de las tres y media para que nos dé tiempo a llegar a la cita. ¿Te parece bien?

—Sí, no hay problema. Ten cuidado con tu cartera que en estas fechas suele haber mucho "aprovechado" por esa zona.

Emitió una leve risita, parecía estúpido advertir de una cosa así cuando ellos mismos estaban planeando un robo.

Nicolae no sonrió, no le hacía ninguna gracia. Había captado la ironía pero no podía admitir que le trataran como a un ladrón. El no lo era, no lo había sido jamás en su país y no deseaba serlo ahora, pero no tenía elección y lo sabía.

CAPITULO IV

Conociendo Madrid

Cogió el metro hasta Sol y cuando subió las escaleras que le llevarían hasta la calle. Empezó a respirar el ambiente navideño de la ciudad, había gente cantando a la salida, eran villancicos españoles. Todo el mundo parecía sufrir una especie de alegría colectiva, no iban tan deprisa como estaba acostumbrado a ver todos los días. Era sábado, había familias con niños, probablemente para ver Cortilandia. Le habían hablado de ello, un espectáculo que ponían en la puerta de unos grandes almacenes, también él quería acercarse hasta allí para verlo. Cuando llegó, enfiló por la calle Mayor, llevaba un planito de la zona por lo que se orientaba perfectamente. Al entrar por una de las callejas a la Plaza observó con curiosidad los edificios y todos los puestos que se hallaban allí montados vendiendo artículos de Navidad, ya eran las diez y media de la mañana y aquello atraía a millones de visitantes. Había extranjeros con cámaras, familias enteras que paraban en cada puestecillo comprando lucecitas para los árboles, adornos, caretas o simplemente mirándolo todo. Parecía que todo el mundo se había puesto de acuerdo para visitar la Plaza, le habían dicho que era muy famosa en estas fechas y descubrió que tenían razón. Decidió hacer él mismo lo propio e incluso compró unas lucecitas con forma de estrella para adornar un poco su pequeño piso compartido. Compró también una careta que le resultó divertida y algún artículo de broma, no encontraba difícil comprar en español y menos en estos puestos, sólo tenía que coger lo que quería y preguntar cuánto.

Bajo después por un callejón y salió de nuevo a la calle Mayor, vio que una de las calles que descendía llamada Bordadores estaba llena de bares típicos. Observó uno pequeñito que tenía las puertas abiertas con unas escaleras que descendían hacia adentro. Ponía sidrería y decidió que era una buena hora para tomar algo. Estaba totalmente lleno de gente, la barra era estrecha y pudo hacerse un hueco en el recodo de la entrada a la izquierda.

Vio que casi todo el mundo estaba bebiendo sidra y quiso probarla, le pusieron un vaso con el líquido amarillo y una cazuelita con algo dentro. Preguntó al camarero y le dijo que eran: garbanzos con callos, los probó y descubrió que le encantaba aquel sabor, mojó el pan en la salsa y se deleitó con el ruidoso ambiente del lugar. Tomó otra sidra más y esperó ansioso el aperitivo, esta vez le pusieron queso de cabrales, lo untó en pan y se propuso mentalmente ir algún día a visitar Asturias y comer todos esos manjares.

Había trascurrido una media hora cuando salió de nuevo por la puerta. Descendió por la calle Bordadores hasta llegar a una calle más ancha y peatonal, miró el nombre: calle Arenal, giró a la derecha. Había gente que aparentaba ser una estatua en la calle y que se movía cuando la gente les echaba alguna moneda, hizo lo propio mientras veía como se activaba un hombre que parecía enteramente hecho de barro. Siguió su camino y se topó con una pequeña iglesia, muy bonita, se trataba de la Iglesia de San Ginés. Preguntó entonces a una pareja joven que venía andando de la mano en sentido contrario y le indicaron por dónde debía ir para ver eso del Cortilandia. Ya eran cerca de la dos de la tarde, se había demorado más de la cuenta en aquellos puestecillos. Cuando llegó a los grandes almacenes vio que toda la fachada estaba decorada con figuras que representaban como un pueblo, con los deshollinadores en las chimeneas, gente que paseaba por las calles de cartón piedra, había un carro tirado por un caballo, incluso un improvisado belén en un árbol…. Enfrente del mismo toda la gente se agrupaba con los niños mirando hacia el espectáculo, parecían esperar algo y así era porque de pronto aquello se puso en marcha. Comenzaron los muñecos a hablar y a cantar moviendo sus rígidas bocas, los chiquillos parecían entusiasmados y decidió quedarse a verlo. Se fue hacia atrás para poder tener mayor visión y se colocó detrás de una pareja, el hombre mantenía en sus hombros a un chiquillo de apenas cinco años para que pudiera ver mejor. Más a su derecha y también delante de él había una bonita muchacha, vestía elegante aunque informal con unos vaqueros de marca y un precioso chaquetón de cuero. Sujetaba a un niñito de unos nueve o diez años de su mano y mientras se agachaba para comentarle cosas dejaba un precioso bolso de piel que colgaba de su hombro izquierdo a la vista. Fue entonces cuando se fijó en otro chico, su olfato le volvía a avisar, aquel no estaba precisamente allí para ver el espectáculo. Era rumano, lo supo en cuanto le vio, tenía unos quince o dieciséis años y paseaba entre la gente observando con discreción los descuidos. Le siguió con la mirada pero sin dejar que el otro se diera cuenta. Llegó donde estaba la mujer y se paró justo detrás, miraba aquella fachada pero sus dedos estaban trabajando con destreza. En un santiamén abrió el broche de aquel hermoso bolso y con mano diestra comenzó a sustraer el monedero. Nicolae no le dio más tiempo, enganchó su mano desde atrás y le habló en rumano.

—Está conmigo.

El muchacho le miró con ira pero a la vez sorprendido al escuchar su idioma. La joven, hasta ahora ajena de todo, se dio la vuelta y pilló al ladrón con su monedero en la mano que Nicolae sostenía con fuerza con su derecha mientras que con la izquierda lo arrancó de un golpe del aturdido ladrón que ahora comenzó a insultarle en rumano. Nico le soltó de golpe y el muchacho desapareció como si huyera del mismísimo diablo. La chica le observó con sorpresa mientras el resto de la gente apenas se habían dado cuenta de la jugada, todos seguían pendientes a los muñecos de la fachada que hablaban y cantaban. Nicolae le extendió entonces el monedero y ella lo cogió, solo entonces pudo articular palabra.

—Gracias.

—Deberías tener más cuidado con tus cosas.

Ella le miró divertida ante su acento, le parecía un chico agradable. El la seguía mirando con unos ojos negros y penetrantes de los que le parecía imposible separarse.

—¿Eres rumano?

—Sí.

—Me pareció cuando hablaste, viajé a Bucarest el año pasado.

Los ojos de Nico se iluminaron.

—¿Estuviste en Brasov?

—Por supuesto, visité el famoso castillo del conde Drácula. ¿Eres de allí?

—Sí, aunque dejé el castillo hace mucho tiempo.

Ella sonrió ante la ocurrencia.

—Me llamo Elena.

—Yo Nicolae.

Estrecharon la mano por encima del entusiasmado chiquillo que continuaba mirando absorto el espectáculo.

—¿Es tu hijo?

—Así es, se llama Pablo.

Nicolae acarició la cabeza del pequeño que ni aún así movió sus ojos de los muñecos y dirigió de nuevo la vista hacia aquella fachada hablante. Ella seguía observándole con curiosidad.

—Oye, sé que no te conozco de nada pero el detalle que has tenido ha sido magnífico.

—¿Cómo?

—Digo que me gustaría que nos acompañaras a tomar algo, has evitado que me robaran y quiero darte las gracias de alguna forma.

—No, no es necesario.

—Pero yo me siento en deuda contigo, mira vamos a ir a tomar una hamburguesa, a Pablo le encantan, podrías acompañarnos.

—¿Estás segura?

—Totalmente, así podríamos hablar de tu país, me encantó aquello y eso que no tuve apenas tiempo. Fui por motivos de trabajo y tan solo estuve una semana.

Nico la miró más detenidamente, le habían dicho que las chicas españolas eran bonitas y desde luego aquella lo era. Tenía el pelo largo, rizado y negro y sus ojos eran color aceituna, decididamente le apetecía tomar algo con ella y charlar pero quizás no era una buena idea. Tenía que volver pronto, había quedado con sus compañeros y además ella tenía un hijo y seguramente un marido.

—¿A tu marido no le importaría que fueras con un chico rumano a tomar algo sin conocerle?

Ella sonrió ante la discreta forma de solicitar información.

—No estoy casada, nunca llegué a casarme con el padre de mi hijo.

—Perdona, no quería…, vas a pensar que trato de algo.

Decididamente era difícil explicar las cosas ahora en español.

—No importa, no pienso nada, solo que eres un buen chico y que me has evitado un disgusto hoy.

La música cesó de pronto y la gente comenzó a abandonar el lugar. Pablo se volvió entonces hacia su madre y pareció darse cuenta en aquel momento de la presencia de Nicolae, al que miró con cara de pocos amigos.

—¿Iremos ahora a comer una hamburguesa?

—Sí Pablo, ahora vamos. ¿Te vienes entonces?

Nico miró su reloj, eran las dos y cuarto y tenía que llegar a las tres y media al piso donde le esperaban sus compañeros. Levantó la vista hacia ella y asintió con la cabeza esbozando una sonrisa.

—Está bien, aunque no puedo quedarme mucho tiempo, he quedado con unos amigos esta tarde.

—De acuerdo.

Subieron por la calle Preciados caminando hasta llegar a la Plaza de Callao y se encontraron de lleno en la Gran Vía. Entraron en una hamburguesería y Elena se empeñó en pagar lo que pidieron. Se sentaron en una de las mesas.

—No creas que esto lo hago todos los días.

—¿Comer hamburguesas?

Ella se rió mientras Pablo observaba la escena, conocía aquella forma de reír de su madre, era una especie de risa nerviosa que denotaba que aquel desconocido le gustaba. Frunció el ceño, no le apetecía que su madre se interesara por nadie que no fuera él mismo.

—Bueno, eso tampoco, pero me refería a que no voy invitando a los desconocidos que encuentro por la calle.

—Espero que no y que tampoco te dejes robar a menudo.

Nicolae comenzó a comer su menú, no tenía mucho apetito después del suculento aperitivo que había devorado en la sidrería, pero la compañía resultó más agradable de lo que sospechó en un principio, Elena le contó su viaje por su amado país y cuando se quiso dar cuenta se había comido todo entre charlas y risas, la corrigió en algunas frases en rumano que había aprendido en su viaje y disfrutó como hacía tiempo que no lo hacía. Se despidieron en la puerta del metro.

—Cuida de tu bolso ahora que no estaré contigo para salvarte.

Ella sonrió y le dio dos besos mientras sacaba su monedero, lo abrió y le extendió a Nico una tarjeta.

—Trabajo en una empresa de inversores, compra-venta de inmuebles y cosas así, aquí está mi móvil por si algún otro día quieres enseñarme más frases en tu idioma.

—¡Oh! Así es que por eso viajaste a Rumania, ¿va a comprar tu empresa propiedades allí?

—Eso es, el mercado español está ahora bastante flojo y queremos abrir horizontes, Rumania nos parece un lugar encantador y tenemos ya varios clientes interesados en invertir en aquella zona, sobretodo en terrenos.

Nicolae siguió mirando la tarjeta mientras Elena parecía esperar algo más.

—No sé las costumbres en tu país pero aquí se supone que cuando una chica te da su número de teléfono, el chico hace lo propio.

—No entiendo.

—Que si no me vas a dar tu número, ya sabes, por si necesito alguna orientación o algo parecido.

El la miró detenidamente, había pensado incluso en memorizar el número y tirar la tarjeta, no quería comprometer a aquella muchacha si es que el "trabajo" que realizarían en los próximos días para Viorel salía mal. Cualquier contacto entre ambos ahora podría resultar perjudicial para ella pero no podía decírselo y no sabía cómo explicarle que sí, que quería darle su teléfono y hablar y quedar pero no en ese momento. Ella se dio cuenta de que se sentía violento y aunque decepcionada le quitó importancia con naturalidad.

—Bueno, no quiero que te sientas obligado por supuesto, esperaré a que tú me llames si te apetece algún día.

—Seguro que lo haré, lo que pasa es que esta semana vienen unos parientes a casa y estaré ocupado pero pasadas las fiestas te llamaré.

Si todo salía bien claro que llamaría, pero si no era así, no volvería a verla jamás. Acarició la cabeza del malhumorado Pablo que ahora tiraba de la mano de su madre con insistencia queriendo marcharse y bajó las escaleras mientras les decía adiós con la mano hasta que desapareció del todo. Elena dio media vuelta, se sentía un poco estúpida, tal vez había actuado demasiado deprisa, tal vez le había parecido una chica fácil, quizás sus costumbres … Bueno, ya estaba hecho por lo que no merecía la pena preocuparse, seguramente no llamaría nunca y jamás volvería a verle.

CAPITULO V

El trabajo

Cuando llegaron al piso de Viorel y llamaron a la puerta les abrió uno de los hombres que había visto Nico esperando la noche anterior en el BMW negro a la puerta de su casa. Le distinguió no porque le hubiera visto bien la cara sino porque llevaba un enorme reloj de oro en la muñeca que, sentado en el asiento del conductor, exhibía por la bajada ventanilla, por eso y por su pelo largo y negro recogido en una especie de coleta. Les saludó en rumano y les hizo acompañarle por un largo pasillo al final del cual se hallaba una puerta cerrada, la abrió y pasaron los cuatro a un amplio salón decorado de la forma más ostentosa que jamás hubieran visto. Los cuadros inundaban todas las paredes de la estancia, los sillones eran grandes, de piel negra, había dos ventanales que iluminaban la estancia, del techo colgaban dos enormes lámparas, una en cada extremo, demasiado grandes para aquel salón. Había una mesa de comedor de madera maciza con todas las patas talladas con indescriptibles dibujos, seis sillas a juego y un mesa de centro entre los dos sillones de piel de la misma madera y con las mismas tallas rematadas con una especie de volutas en sus extremos superiores. Los cortinones que pendían de los ventanales eran a su vez exuberantes y recargados. Sentado en uno de los sillones individuales se encontraba Viorel, con las piernas elegantemente cruzadas parecía un conde en su trono. Todo vestido de negro apenas se distinguía donde terminaba la piel del sillón y empezaba su cuerpo. Tan sólo sus manos y su rostro, pálidos como si de alabastro se tratara, destacaban del conjunto, bueno eso y un enorme colgante de oro que llamaba la atención colocado por fuera de su camisa ligeramente abierta en su último botón. Les invitó a sentarse mientras pedía algo de beber al del enorme reloj, sus compañeros y él mismo se sentaron alrededor de aquella horrible mesa de centro.

Viorel comenzó a hablar, su voz era grave y firme, les miraba a todos de uno en uno observando claramente sus rostros. Se interrumpió cuando su compañero entró de nuevo en la estancia con sendos vasos y una botella de un líquido incoloro que Nicolae reconoció enseguida. Lo depositó encima de la mesa y se retiró con el mismo sigilo con el que había entrado en la habitación. Viorel les sirvió un vaso a cada uno de los presentes y siguió con su relato.

—Será un trabajo sencillo, muy sencillo. Una furgoneta saldrá de un dique seco situado en Coslada, a las afueras de Madrid por la N-II, a las nueve de la mañana, no tiene ningún tipo de rotulación ni nada. En ella irán dos guardias armados, uno de ellos es nuestro confidente y no habrá ningún problema, del otro es del que tendremos que encargarnos.

—¿Qué lleva la furgoneta?

Claudiu y Alex miraron a Nico con indignación, sabía de sobra que no había que saber demasiado en asuntos como aquel. No debía solicitar información que no le era proporcionada pero Viorel no pareció darle importancia.

—Son artículos valiosos. Es un pedido que una de las mayores firmas de joyería realiza en estas fechas para cubrir todos sus establecimientos en Madrid.

—¿Y va a ir en una furgoneta normal y corriente con solo dos guardias?

—Bueno, creo que son tan estúpidos que piensan que nadie se imaginará nada de ese modo pero no cuentan con la traición de uno de sus hombres.

Pareció divertido ante el asombro de Nicolae, sabía que el plan que tenía entre manos era de los mayores que había realizado nunca y resultaba tan sencillo que parecía casi infantil.

—Nosotros tendremos pronto la ruta que seguirán desde su salida.

Desplegó un papel con un pequeño plano en el que había varias rutas. Señaló uno de los puntos con su esquelético dedo.

—En cuanto recibamos confirmación de cual seguirá el envío será donde entréis vosotros dos —señaló con la cabeza a Claudiu y Alex— Llevaréis un todo terreno grande y potente que haréis chocar contra ellos pero cuidado, quiero la furgoneta operativa porque nos la llevaremos entera. Sé de sobra que Claudiu sabrá cómo hacerlo.

Miró a éste con una ligera sonrisa, había hecho de chófer en varias ocasiones para él en algunos "asuntos" y Viorel tenía constancia de su gran destreza como conductor. En una ocasión habían dado un golpe en una sucursal de un Banco, en un pueblo de Extremadura, el botín ascendió apenas a unos quince mil euros. Claudiu lo único que hacía era esperar en el coche y conducir, aquella vez tuvieron problemas y la policía tardó en aparecer menos de lo que habían planeado. Tuvo que esquivarles conduciendo a gran velocidad y arrollar varios coches para llegar al lugar en donde tenían escondido otros dos vehículos para huir tranquilamente por separado. El nunca se hacía cargo del dinero, eran los otros los que lo llevaban y manejaban. Aquel día habían salido por Portugal para volver después a entrar en España dos semanas más tarde pero ya sin dinero alguno que había sido blanqueado estratégicamente como en otras ocasiones por empresas locales que Viorel poseía en el país vecino. Aquel trabajito le mereció un gran reconocimiento y siempre había querido convencerle para que trabajara con él, no sólo ocasionalmente, pero él nunca había aceptado. Tenía claro que deseaba ser honrado aunque se viera metido en todo aquello, no pretendía acabar en la cárcel o muerto y por supuesto no quería llegar algún día a tener que matar a alguien para salvar su propio pellejo. Viorel continuó su relato.

—Dejareis atados y amordazados a los guardias en la parte trasera del todoterreno y conduciréis la furgoneta al lugar que os indiquemos. Allí mis hombres ya sabrán lo que hacer con ella y a vosotros os llevarán de vuelta a vuestro coche para que podáis iros tranquilamente a vuestra casa. Como veis, un trabajo sencillo y limpio.

A Nicolae no le encajaban algunas piezas.

—Dijiste que uno de los guardias está de acuerdo pero el otro no.

—Así es, pero ahí es donde entras tú pequeño.

Sacó otro papelito con una dirección y algunas fotos.

—Cuando salgan por la puerta con la furgoneta nuestro hombre le contará una historia a su colega que le convertirá en nuestro mejor aliado.

—¿Una historia?, ¿qué clase de historia?

Nico creía intuir de lo que se trataba al ver la dirección del papel y las fotos, pero quería saber a lo que se refería Viorel exactamente porque no sabía el grado de gravedad que deseaba en aquel asunto.

—Bueno, el tipo en cuestión tiene una preciosa mujercita a la que puedes ver en las fotos. Ella suele salir de casa media hora más tarde que él para irse a trabajar, pero ese día en cuestión no llegará a su lugar de trabajo, te encargarás de retenerla.

—¿Retenerla?, ¿estás loco?, yo no voy a cometer un secuestro.

—Tranquilízate, sólo serán unas horas. No es un secuestro, es simplemente un seguro de que no tendremos ningún problema con el tipo. En cuanto tengamos todo en nuestro poder te haremos una llamada, hemos alquilado una casa a unos 60 km de Madrid. Tardarás una hora más o menos en llegar allí y en cuanto comuniquemos contigo lo único que tendrás que hacer es abandonar la casa. Le daremos la dirección a su maridito para que vaya a buscarla y ya está, todo solucionado. El no pondrá denuncia alguna porque si no le incluiremos como cómplice del golpe y todos contentos. Además, estoy dispuesto a pagarle un dinero por las molestias.

—¿Y si hay problemas?

Nicolae no quería ni imaginárselo, sabía que este tipo de gente no se andaba con tonterías ni dejaba ningún cabo suelto.

—Si hay problemas recibirás la llamada igualmente e igualmente abandonarás la casa. Lo que ocurra despúes no será ya asunto tuyo.

La cara de Viorel denotaba dureza al decir aquello pero enseguida esbozó nuevamente una sonrisa.

—Pero no te preocupes por ello, al tipo le quedarán claras las opciones y no creo que haga ninguna tontería. Todo quedará en un trabajo limpio y sin problemas te lo aseguro.

Sí, seguro que el tipo no pondría resistencia, ¿Cómo iba a hacerlo?, sabía de sobra que la opción que le darían si no hacía lo que le pedían no le resultaría nada agradable y tendría claro que colaborar sería lo mejor. Bebió de su vaso y trató de mantener la calma, cuando llegase el momento podría determinar qué hacer en caso de que algo saliera mal. Tenía claro que no iba a ser cómplice de un asesinato ni de nada parecido pero procuró no desvelar nada a Viorel con su rostro o sus gestos.

—Está bien, no habrá problema entonces.

Viorel sonrió abiertamente, estaba claro que sabía lo que hacer en caso de que alguno de ellos le diera algún problema.

—Entonces está entendido ese punto ¿no?

El del enorme reloj entró en la estancia en ese momento y Viorel levantó la vista hacia él mientras se dirigía a Nicolae.

—Radu irá contigo.

Le sorprendieron sus palabras pero pretendió parecer natural.

—Creí que iba a ir yo solo y que por eso me necesitabas, ¿crees que no soy capaz de hacerlo?

—No tengo ninguna duda de ello pequeño pero él sabe en donde se encuentra la casa. Te llevará hasta allí y se quedará contigo. Sin embargo él no tiene demasiados buenos modales, necesito a alguien menos brusco para tratar con la mujer y en todo caso necesito dos personas en la casa, uno solo no puede mover a una persona y vigilar a la vez.

Radu miró a Nico, solo entonces se dio cuenta de que tenía la cara marcada con una profunda cicatriz que le cruzaba de un lado a otro desde la frente a la barbilla seguramente fruto de un rotundo navajazo que, a juzgar por la marca, debió de ser horrible. Radu le sostuvo la mirada mientras se colocaba justo detrás de Viorel, se agachó y comunicó algo al oído a éste, que pareció agradablemente sorprendido.

—¡Vaya parece ser que nuestro plan está saliendo a la perfección! Ya tenemos la confirmación de la ruta así que ya podemos empezar a planificar el trabajo como es debido, no quiero dejar ningún cabo suelto.

Bebió de un sorbo el contenido de su vaso y lo dejó de golpe en la mesa, parecía contento. Se inclinó de nuevo sobre el mapa que había sacado en un principio y señaló otro de los puntos.

—Aquí interceptaréis el envío.

Los tres miraron sobre el papel, Claudiu y Alex tenían el trabajo más complicado en principio porque no sabían hasta qué punto el confidente era real. Si era, como Viorel decía, el que iba en la furgoneta y podía convencer a su colega de que colaborase no habría problema pero si no, bueno, podía suceder cualquier cosa. Llevarían armas, por supuesto, y eso ya suponía un riesgo. Nicolae no iría armado, Radu se encargaría de ese tema, lo suyo en principio entrañaría menos riesgo aunque sería igualmente desagradable. Ninguno de los tres tenía alternativa, ahora estaban dentro y no podían negarse a hacerlo, si lo hacían, se arriesgaban a terminar en alguna cuneta después de conocer tanta información así es que optaron por escuchar atentamente las explicaciones de Viorel y tratar de retener las órdenes recibidas. Los tres llevarían cada uno un móvil para tener contacto, móvil del que después se desharían convenientemente. Bebieron y hablaron hasta tarde, eran casi las doce de la noche cuando salieron de aquel piso, el mismo Radu se encargó de llevarles a casa. No hablaron durante el trayecto, se limitaron a escuchar la música rumana que sonaba en el CD. Ahora solo tenían que esperar y seguir con su vida hasta dentro de dos días en los que se llevaría a cabo todo y después… bueno, después podrían volver a su vida normal. Los tres trabajaban como autónomos así es que no tendrían nada más que poner alguna excusa al encargado de la obra en la que estaban, lo único que ocurriría es que no cobrarían el día. Viorel les prometió una buena suma de dinero por su trabajo así es que no habría problema, pero ellos no querían el dinero, lo único que deseaban era terminar aquello y poder saldar de una vez la deuda que en su momento contrajeron con aquel tipejo y eso era precisamente lo que les había prometido a su vez.

—Es un trabajo bueno, de mucha pasta y si lo hacéis bien yo me consideraré pagado del todo por la ayuda que os ofrecí en su día y ya no volveré a veros más ni vosotros a mí.

No les había dejado demasiado margen, el trabajo se llevaría a cabo el martes y estaba acabando el Sábado, pero todo había sido convenientemente preparado con la antelación suficiente para no dejar ningún cabo suelto. Una operación como ésa requería una preparación de meses, solo que ellos nada más que eran los ejecutores de una parte del plan. El mayor trabajo habría sido obtener compradores directos para las piezas de joyería o probablemente habría sido un encargo de alguien por encima de Viorel, por el que pagaría una muy buena suma de dinero puesto que, por lo que habían podido apreciar dado el nombre de la firma, debía de tratarse de un botín muy sustancioso. A ellos les habían dejado para el final, eran solo unas piezas del rompecabezas y no tenían que saber más de la cuenta para que no pusieran en peligro la operación, sabían el trabajo que tenían que realizar y nada más.

Descendieron los tres cuando el coche se detuvo delante del portal de su casa, Radu les tendió entonces tres móviles.

—Tenedlos encendidos.

Fue todo, se marchó lentamente calle abajo y dobló la primera a la derecha mientras ellos se quedaban de pie sin decir nada. Fue Nicolae el primero en darse la vuelta y dirigirse al portal, los otros le siguieron mecánicamente, la suerte…, su suerte estaba echada.

CAPITULO VI

Elena

Eran las nueve y media de la mañana del domingo y Elena se hallaba aún echada en la cama. No dormía pero le gustaba quedarse un momento tranquila hasta que su hijo, que ya estaría a punto de despertarse, iba corriendo y se tumbaba de un gran salto a su lado dándole grandes besos, la quería mucho, quizás demasiado, pensaba ella en ocasiones. Como no había contado con la presencia de un progenitor, Elena había actuado como madre y como padre. No se arrepentía en absoluto de tomar en su día la determinación de no casarse y criar a su hijo sola, ni siquiera le dijo nunca a él que estaba embarazada. Hubiera resultado absurdo, era un chico de la universidad al que apenas le unía nada, excepto la pasión de unas cuantas noches alocadas. Siempre había sido una chica demasiado madura para su edad y tenía claro que no quería convertirse en la señora de … sino tener su propio nombre y apellidos y manejar su vida. Por eso cuando descubrió que estaba esperando un hijo decidió cambiar de ciudad y venirse a Madrid. Sus padres poseían una fábrica de muebles en Alicante y no tenían problemas económicos. Su padre la adoraba y, aunque asustado ante la idea de dejarla marchar, aceptó su decisión y la apoyó desde el principio. Era su única hija, su niña, así es que alquiló un piso en el barrio Salamanca en la misma calle en que vivían a su vez una prima segunda suya junto a su marido y sus dos hijas. Su madre pasó ese primer año a su lado ayudando con su embarazo y cuidando de ella, que nada más tener al bebé volvió a matricularse en la Universidad y continuó con sus estudios de económicas pero lo hizo en Madrid muy a pesar de sus padres. Buscó un trabajo por las tardes y a alguien para que cuidase de Pablo cuando salía de la guardería ya que su madre regresó a Alicante, tan sólo le veía un rato cada noche cuando llegaba a casa a eso de las nueve.

Su padre siguió entonces pagando el piso en donde vivía pero ella procuraba que no le enviara dinero. Quería salir adelante sola, era demasiado orgullosa y testaruda para permitir que nadie la mantuviera y tanto empeño dio sus frutos rápido. Al segundo año de vivir en Madrid encontró un maravilloso trabajo en una empresa muy fuerte, unos inversores que habían puesto un anuncio en el periódico buscando secretaria. Cuando Elena acudió a la entrevista a las oficinas que la sociedad disponía en plena calle Orense lo hizo impecablemente vestida, había cuidado hasta el más mínimo de los detalles y no pasó inadvertida para el que después se convertiría en su jefe. Vio en ella a un diamante en bruto que lo único que necesitaba era pulirse y entró de cabeza en la empresa de la mano y protección de aquel hombretón de unos cincuenta años, de aspecto agradable y bonachón que había sido capaz de amasar una fortuna junto a otros dos socios en el negocio inmobiliario pero que, en su vida personal, no había podido realizar el sueño de tener un hijo. Casado desde hacía más de treinta años, su mujer, Luisa, había resultado estéril y él, que literalmente la adoraba, visitó todos los médicos tratando de conseguir lo que Dios les había negado e incluso barajaron la posibilidad de adoptar a un niño pero al final acabaron aceptando su destino y vivieron volcados el uno en el otro, cuidando a sus sobrinos de vez en cuando y disfrutando de viajes apasionantes y cenas de lujo hasta que Elena apareció en sus vidas y la transformaron en la hija que hubieran deseado y a Pablo en el nieto que nunca tendrían.

Desde que ella empezó a trabajar como su secretaria se ganó su confianza y afecto. Cuando Luisa la conoció en la primera comida que hicieron de empresa se convirtió en su más ferviente defensora. Elena era sumamente cariñosa y atenta y pasó a formar parte enseguida de sus vidas además del negocio. Solía acudir a todas las fiestas que el matrimonio ofrecía a clientes y amigos en su precioso chalet construido en la zona de Puerta de Hierro, un palacete inmenso de cuatrocientos metros. Iba con su hijo y Luisa le llenaba de cariño y de regalos como si de su abuela se tratara e incluso se quedaban a dormir en uno de los cuartos de invitados que la casa disponía en la planta superior. Realmente eran su segunda familia aunque Elena no se aprovechaba en absoluto de aquella situación privilegiada, trabajaba sin descanso y en apenas un año consiguió convertirse en una perfecta bróker en la empresa. Tenía un olfato especial para los negocios y había aprendido de uno de los mejores: su jefe, por lo que pasó de ser una simple secretaria a ser su mano derecha, sus ojos en muchas ocasiones y la que negociaba a la hora de comprar o vender algún inmueble. Aprendió inglés y francés a la perfección y se defendía con el alemán, tenía un don y un tacto exquisito en su trato con la gente. Solía convencer a cualquiera en cualquier trato que llevara a cabo favoreciendo a su empresa y los otros dos socios estaban igualmente más que satisfechos: encantados con ella.

Todo la sonreía en la vida, todo, menos haber encontrado a alguien que realmente le hiciera perder la cabeza tanto como para decidir casarse y formar una familia. Había tenido algún escarceo amoroso con alguno de los hombres que había conocido casi siempre por trabajo pero ninguno la había llenado como para vivir juntos. Tan solo en una ocasión había estado tentada de hacerlo. Era un hombre de unos treinta y cinco años, soltero y perdidamente enamorado de ella, casi llegó a convencerla de iniciar una vida en común y formalizar su situación pero pasados dos años ella descubrió que no tenían apenas nada que ver el uno con el otro y la relación se enfrió tanto que acabaron llamándose muy de vez en cuando. Elena descubrió entonces que le quería como a un amigo pero nada más, ahora él se había casado y tenía dos hijos y ella había pasado a ser la mejor aliada y confidente de su mujer a la que quería como la hermana que nunca tuvo.

Cuando sonó el móvil en su mesita de noche se sobresaltó. Pablo aún no había hecho aparición en su cama y seguía agradablemente arropada, absorta en sus propios pensamientos. Miró la pantallita y vio que era un número fijo de Madrid, descolgó y contestó con voz tenue, tratando de no despertar a su hijo al que dejaba siempre la puerta abierta en la habitación contigua.

—¿Sí?

—¿Elena?

Ella reconoció enseguida la voz de Nicolae al otro lado y se irguió quedando sentada, le sorprendió sentir un agradable cosquilleo en la espalda.

—¿Nico?

—¿Estabas durmiendo?

—No, no, no te preocupes.

—Bueno, no sé si he hecho bien en llamarte.

—No seas tonto, si no quisiera que me llamaras no te habría dado mi número ¿no?

Soltó una risita nerviosa, es que lo estaba realmente, ¿por qué?, no era la primera vez que un hombre llamaba por teléfono.

—Pensé que quizás te apetecería que comiéramos juntos hoy, conozco un restaurante rumano que a lo mejor…

—¿Hoy?

—¿No te va bien?

—No, digo sí, hoy sería genial.

—¿Sí?, bueno el restaurante está en la Gran Vía, en la calle Infantas, te gustará, es chiquitito pero muy agradable.

—Seguro que me encantará.

—¿Te va bien que nos encontremos en la puerta a las dos?, me ocuparé de reservar una mesa.

—Me va perfecto.

Sonó un pitido que ella reconoció enseguida, estaba llamando desde alguna cabina, oyó el tintineo de una nueva moneda al ser introducida.

—Entonces quedamos a las dos en la calle Infantas, es el número seis, ¿de acuerdo?

—De acuerdo.

—Chao

—Hasta luego Nico.

Colgó y permaneció sentada mirando el móvil con aspecto estúpido. ¡Vaya! No pensó que fuera a llamar después de su reacción de no querer darle su número. Buscó en su agenda y pulsó para efectuar otra llamada, una mujer atendió al otro lado.

—¿Luisa?, sí soy yo, oye ¿te importaría que os llevara hoy a Pablo? Me ha llamado un amigo para comer y me gustaría ir. ¿Sí? ¿está bien a la una?, gracias Luisa, eres un verdadero encanto. No, no te preocupes tendré tiempo de sobra para llegar a la cita, no es necesario que le deje antes además quiero llevarle un rato de paseo antes de dejarle en tu casa. ¿Le llevaréis al cine? Oh, Pablo estará encantado, sí, seguro que le gustará mucho. Os veo a la una entonces.

Cortó la conversación justo a tiempo para ver a a su pequeño aparecer en la puerta con aspecto somnoliento y restregándose los ojos con sus regordetas manitas. Al ver a su madre avanzó corriendo y se tiró en la cama encima de ella abrazándola y llenándola de besos sacando así a Elena de su aún no restablecido asombro. Le abrazó con ternura y le besó mientras pensaba en qué podría ponerse para la cita. Seguramente algo informal, un vaquero con algún jersey o algo así, no, quizás alguno de los bonitos vestidos que se había comprado la semana pasada. Aquel negro ajustado corto, o mejor no, tal vez sería demasiado para una comida casual.

Pensaba en sus padres, la semana que viene vendrían a pasar unos días con ellos para las fiestas. No parecía ser el momento adecuado para iniciar un romance. Pero, ¿qué demonios estaba haciendo?, sólo le había invitado a comer, nada más. Su hijo se dio cuenta de que no le prestaba demasiada atención.

—Quiero desayunar, tengo hambre.

Elena le miró con dulzura, sabía que le estaba malcriando pero era incapaz de no hacerlo.

—¿Quieres que desayunemos aquí o prefieres hacerlo en la Cafetería a la que solemos ir?

—Aquí, quiero tostadas.

—Muy bien cariño, mamá preparará tostadas ahora mismo para un niño hambriento.

Había comenzado a levantarse pero se volvió de pronto y le tumbó en la cama mientras le hacía cosquillas en la barriga haciendo que Pablo se desternillara de risa. Estaba contenta, hacía ya al menos dos o tres meses que no tenía una cita, seguramente si comentaba a alguien que iba a comer con un chico rumano al que había conocido mientras trataban de robarle el bolso y del que no sabía absolutamente nada la tacharían de loca. Podía tener un hombre de dinero, de buena posición y elegantes modales y se fijaba en un muchacho vestido en vaqueros y con una chaqueta de cuero negra que probablemente vivía de alquiler con otros dos o tres y que no tenía en donde caerse muerto y para colmo de la tierra de los vampiros. Seguramente le dirían que tendría costumbres extrañas como chupar sangre o algo por el estilo, sonrió para sí ante semejante pensamiento, bueno, quizás a ella no le importara demasiado que le mordiera en el cuello y bebiera ….

—MAMAAAA

Pablo tiraba del borde del camisoncito de seda de su madre con impaciencia, no entendía qué podía tenerla tan atontada, solo quería comer sus tostadas. Elena sacudió su cabeza tratando de centrarse en su hijo.

—Vamos a la cocina pequeñajo, te haré las tostadas más exquisitas que jamás hayas comido.

Le levantó en sus brazos y se dirigió por el pasillo bailando una especie de vals, decididamente se pondría el vestido corto negro. Quería impresionar a su acompañante y estaba segura de que así lo conseguiría, segurísima.

CAPITULO VII

La cita

Nicolae paseaba nerviosamente arriba y abajo en la puerta del restaurante de la calle Infantas. Aún no sabía cómo había sido capaz de llamar a aquella muchacha y quedar con ella pero tenía claro que no deseaba estar solo aquel día. Necesitaba mantener su mente distraída con algo, bueno, no es que pensara que Elena era "algo". Ella le gustaba, su piel era blanca y suave y su cabello sedoso, su rostro era bonito, muy bonito. Decididamente no la había llamado solo para distraerse, estaba claro que se había sentido atraído desde que la viera de pie mirando aquel espectáculo infantil y después le había fascinado conversar con ella, era muy alegre y divertida. Caminó hacia el otro lado de nuevo y al volverse la vio subiendo la calle. Venía sola y la verdad era que estaba espléndida con un abrigo largo de paño tostado que se entreabría al caminar dejando al descubierto unas bien formadas piernas vestidas con unas medias negras enfundadas por unas perfectas botas de caña alta y del mismo color tostado del abrigo. Al verle sonrió abiertamente hasta llegar a su lado con paso lento, se notaba que se deleitaba ante sus ojos exhibiéndose descarada. Aquello hizo que Nico desviara un poco la vista de sus piernas para mirarle a la cara sonriendo a su vez.

—¡Vaya, te has puesto muy guapa!

—¿Te gusta?, no sabía si sería demasiado elegante pero me apetecía deslumbrarte.

Le dio dos besos en las mejillas.

—Veo que Pablo no ha venido contigo.

—Bueno, es que iba al cine con unos amigos míos que son como sus abuelos para él, ya lo habíamos programado antes de que me llamaras y le hacía mucha ilusión.

No quería tampoco desvelarle que había decido quitarle de en medio. Ya había tenido bastante con deslumbrarle con su indumentaria, tampoco hacía falta ser más descarada de lo que ya había sido.

—Bueno, supongo que eso será más divertido para un niño que una comida rara. Yo contaba con él así es que reservé mesa para tres.

Dijo esto mientras le abría la puerta a su acompañante y le cedía el paso. Entraron y tras saludar al camarero en rumano les dirigió a una pequeña mesita situada en uno de los rincones del restaurante que efectivamente estaba preparada con tres cubiertos, uno de los cuales fue retirado ante las indicaciones de Nico.

Elena le observaba discretamente, ya se había dado cuenta cuando le vio el día anterior de que se trataba de un chico muy guapo, con su pelo negro como el azabache al igual que sus ojos y sus facciones duras pero a la vez agradables. Ahora observaba sus exquisitos modales con agrado, la había ayudado a despojarse del abrigo para colocarlo después en una de las sillas desocupadas y se había deshecho en halagos al descubrir el vestido que había debajo. Retiró su silla con elegante encanto para que ella se sentara e hizo él lo propio sentándose enfrente.

—¿Qué quieres beber?

—No sé, ¿qué vas a tomar tú?

—Cerveza, ¿quieres probar la cerveza rumana o ya lo hiciste en tu viaje?

—¿Ursus?, claro que la probé y me encanta.

Pidieron dos Ursus y leyeron la carta para decidir lo que iban a comer: ciorba de burta (sopa de callos), sarmale (rollitos envueltos en col), Mămăligă o pan elaborado con harina de maíz servido con nata agria y queso como acompañamiento del sarmale entre otros platos que degustaron entre risas y agradable conversación. Pidieron más cervezas y bebieron disfrutando mutuamente de la compañía. Elena se sentía transportada a otro lugar, era como estar en otro mundo pero sin salir de Madrid. El resto de los comensales comenzaron a cantar y a bailar canciones típicas rumanas que incluso ella tarareó alegremente. Estaba feliz y despreocupada como hacía tiempo que no se sentía y totalmente desinhibida, al fin y al cabo nadie la conocía allí. No era una persona tímida ni nada por el estilo pero sí que en otras circunstancias había sentido el peso, la responsabilidad y la seriedad de su trabajo.

Cuando salieron del restaurante tras pagar Nico la cuenta, algo para lo que no admitió ninguna objeción, eran casi las cinco de la tarde. Elena ni siquiera se había dado cuenta del paso del tiempo, a esas horas Pablo estaría agradablemente en el cine. Le había dicho a Luisa que le recogería a eso de las once, aún disponía de seis horas para disfrutar de la grata compañía pero no sabía si él tendría la misma idea o daría por sentado que la cita había terminado. Se limitó a caminar a su lado mientras se dirigían a la Gran Vía.

Nicolae recibió una llamada en el móvil y habló durante escasos dos minutos con alguien al otro lado en rumano. Elena no podía entender gran cosa, su corto viaje al país natal de su acompañante no le había dejado muchas oportunidades de familiarizarse con el idioma, se limitó a esperar a que éste terminara su conversación mirando distraída a lo largo de la calle. No quería parecer indiscreta pero su curiosidad de mujer le hizo escuchar atentamente por si oía algún nombre femenino o algo por el estilo, se deshizo de la idea con una mueca, no tenía ningún derecho sobre su vida privada y sin embargo se sentía intrigada. Con coquetería desplazó su rizado cabello hacia un lado de su rostro en un ademán lleno de elegancia y sensualidad mientras Nico la miraba fascinado y se despedía de su interlocutor.

—¿Te gustaría tomar algo en alguna otra parte o tienes que ir a recoger a Pablo?

Su pregunta le sonó a Elena a canto celestial, al parecer él tampoco quería dar por terminada la cita.

—No tengo que recogerle hasta las once.

Puntualizó esto para evitar así de golpe que pensara que ella tenía que marcharse o que quería hacerlo, dejó bien claro que no pensaba irse hasta esa hora. Nicolae miró su reloj, las cinco y cinco, no conocía bien qué hacer a aquellas horas en Madrid, no sabía dónde podrían estar un rato charlando y tomando algo. Elena pareció adivinar sus pensamientos.

—¿Te apetece bailar y tomar una copa?, conozco un sitio en la Plaza de Colón. Es una especie de discoteca que abre temprano, es para gente mayor pero hay de todo.

Sonrió al ver la mueca de él, pareció entender a qué se refería.

—Bueno, no es que yo vaya allí, ya sabes, es de estos sitios que has visitado en alguna ocasión.

Se había sonrojado como una tonta, no se sentía una vieja ni nada por el estilo a sus treinta años, pero sabía que su amigo era bastante más joven que ella aunque si tuviera que decir su edad por su mirada habría dicho unos cuarenta porque sus ojos parecían haber visto ya muchas cosas a pesar de su juventud. Eran penetrantes y ella a veces sentía la necesidad de apartar la mirada porque parecían tener el poder de adivinar todos sus pensamientos y le hacían sentirse incómoda, agradablemente incómoda.

—Bien, iremos entonces, así conoceré algo nuevo.

Se dirigieron al metro, Elena solía moverse por Madrid en taxi, hacía siglos que no viajaba en el transporte habitual del resto de los mortales y no era algo que le hiciera especial ilusión pero no quería poner en un compromiso a su amigo. Tomaron la línea uno hasta tribunal y allí cogieron la diez hasta Alonso Martínez en donde por fin alcanzaron la línea cuatro hasta Colón. Fueron tres paradas y dos transbordos, algo que para Elena, calzada con aquellas botas, hubiera supuesto todo un martirio de no ser por la agradable conversación que mantenía toda su atención. Entre risas aparecieron en la plaza de Colón, subieron un corto tramo por la calle Génova y entraron en el local al que ella se había referido, pagaron la entrada y descendieron por las escaleras.

Al llegar abajo Nico observó el lugar con atención, había más gente de lo que él había esperado. Se dirigieron hacia una de las barras situada en el lado izquierdo de la sala para pedir una copa y cuando les sirvieron dieron una vuelta alrededor de una pista de baile que se hallaba justo en el centro buscando asiento. Lo encontraron al otro lado, unos sillones bajitos y cómodos en los que se sentaron dejando las copas encima de la mesa central, lo hicieron el uno enfrente del otro y durante unos minutos escucharon la música mientras observaban a las personas que bailaban en la pista. Nicolae pensó que debían tener la edad de sus padres más o menos, aunque también había gente más joven, pero en general el ambiente era de lo más madurito. Miró a Elena sonriendo.

—¿Así es que tú vienes a estos sitios de vez en cuando?

Ella rió abiertamente aunque se sentía nerviosa, no quería dar una mala impresión a su acompañante. Allí se respiraba una atmósfera de hombres y mujeres maduros en busca de pareja y se sintió incómoda de repente.

—Quizás no haya sido tan buena idea después de todo.

Nico se dio cuenta de su reacción y se apresuró a calmarla.

—No, no, está bien, muy bien, es solo que en mi país no estamos acostumbrados a sitios como éste. Si a una mujer de esta edad se le ocurriera salir sola a tomar copas y bailar sería tachada de algo que prefiero no decir.

—No creas que yo vengo por aquí a menudo, es sólo que no se me ocurrió otro sitio que abriese pronto en el que tomar una copa y bailar un rato, yo…

Nicolae se deslizó de su asiento colocándose al lado de ella y puso ligeramente sus dedos sobre sus labios haciéndola callar mientras la miraba tiernamente a los ojos. El corazón de Elena comenzó a palpitar muy deprisa y sintió aquel terrible cosquilleo en su espalda, el mismo que sintiera cuando la llamó por teléfono esa mañana. Por un momento creyó que iba a besarla y sintió un deseo enorme de que lo hiciera pero él se limitó a tomar su copa y dar un largo trago de su bebida para depositarla de nuevo en la mesa reclinándose suavemente en su asiento dejándola totalmente fuera de juego.

—No tienes que decir nada, me gusta el sitio, cualquier lugar está bien contigo sentada a mi lado.

Ahora fue Elena quién bebió tratando de calmar sus pulsaciones, dejó el vaso y mantuvo su posición. Sabía que si se reclinaba caería directamente en sus brazos y si no lo hacía parecería una estatua de piedra tratando de mantener la rigidez de su espalda, espalda que él comenzó a acariciar con su dedo desde el cuello hasta la cintura. Le gustaba mucho y ella le había llevado a aquel local, los dos eran adultos, sabía que aquella situación no duraría mucho. Deseaba que no se prolongara pero esperaba con ansiedad el siguiente movimiento de él y no se hizo esperar demasiado. La cogió del brazo haciendo que ella se reclinara sobre el respaldo mientras él se colocaba más sentado y de frente a su rostro observándola con esos ojos de los que no podía apartarse. Se reclinó entonces hacia delante y la besó. Ella sintió sus labios y cerró los ojos dejándole hacer, realmente besaba bien, muy bien, demasiado quizás, comenzó lenta, suavemente, pero fue subiendo la intensidad mientras ella le contestaba del mismo modo abrazándole y atrayendo su cuerpo hacia sí con deseo, para volver a recobrar la ternura inicial de nuevo y acabar en la misma posición que adoptó en un principio observando su rostro mientras ella sugería algo que cualquiera de sus amigas le habrían desaconsejado de haberles pedido opinión al respecto.

—¿Quieres venir a mi casa?

CAPITULO VIII

El traidor

Carlos tenía cuarenta y cinco años pero parecía mayor, su pelo había encanecido demasiado y había engordado alrededor de diez kilos de peso. Llevaba veinte trabajando para la misma empresa de seguridad en la que un día entrara después de haber dado muchos tumbos en diferentes empleos, no quiso estudiar y su padre le metió a trabajar con él en la construcción como peón. Fue duro para un muchacho de dieciséis años recién cumplidos al principio pero después se acostumbró a los madrugones, al frío en invierno y al calor en verano, a tener las manos tan agrietadas que a veces le sangraban y necesitaba vendarlas. Se habituó a las copas de los viernes con los compañeros y a la discoteca de los sábados, a pasar el domingo tirado en la cama de su habitación viendo el fútbol en una pequeña televisión que compró con su primer salario. En aquella época estaba tan delgado que sus otros dos hermanos solían apodarle "el gamba" porque solamente tenía cabeza y no porque fuera cabezón, que no lo era en realidad, sino porque tenía una enorme mata de pelo negro que llevaba más largo de lo común, le llegaba a los hombros y a veces se lo recogía en una especie de coletilla estirando sus rizos hacia atrás.

Cuando cumplió los dieciocho empezó a trabajar en un bar, una tasca situada no muy lejos de la casa de sus padres, en Carabanchel. Estaba harto de acarrear ladrillos y sacos de arena. Trató incluso de volver a estudiar, había comprendido lo estúpido que fue malgastando su tiempo y se matriculó en una escuela nocturna pero pronto tuvo que dejarla porque le era imposible compaginar las dos cosas. Trabajando en el bar conoció a la que tres años después se convertiría en su mujer, una muchacha del barrio que trabajaba como dependienta en un Centro Comercial de la Castellana. Al principio no le llamó demasiado la atención, era una chica bajita, quizás no tanto como aparentaba al llevar el cabello liso largo hasta la cintura, pero era muy alegre y dicharachera. Solía acudir al bar los domingos con algunos amigos a tomar el aperitivo y un día pasaron de las risas y las bromas al tonteo típico de las miradas furtivas, mensajes secretos y a vestirse y maquillarse de manera especial para agradar al otro. Mantuvieron la primera cita en la que se besaron y abrazaron y de allí a la boda, o al menos a Carlos le pareció así en los años siguientes en los que se limitó a trabajar cayendo en la rutina habitual de tantos otros.

Fue un hermano de su mujer quién le introdujo en la misma empresa de seguridad en la que él trabajaba y después de pasar cinco años entre centros comerciales y cajas de ahorro se pasó a los blindados, un trabajo que en principio le pareció más dinámico y apropiado para él. Tuvieron un hijo, Carlitos, y él le adoraba, quería que consiguiera en su vida lo que a él le había sido imposible: unos buenos estudios y un buen trabajo. Solía llamarle "el doctorcito" porque decía que tenía el presentimiento de que sería médico y no tendría que vivir como ellos en un modesto piso de unos sesenta metros en Vista Alegre sin ascensor con el suelo de terrazo antiguo, de ese que no es bonito aunque lo hayas fregado cien veces seguidas, con las ventanas de hierro que apenas podían abrir porque los ruidos de la calle no les dejaban escuchar la televisión con claridad, pero el sueldo que ganaban entre su mujer y él no les daba para más y eso que no salían a menudo. Su única distracción era ir los domingos al parque del Retiro o a la Casa de Campo para dar una vuelta con el pequeño Carlos y tomar después un aperitivo en el bar de la esquina de su casa. Algunas veces dejaban al niño con alguna de las abuelas y se acercaban al cine por la tarde a ver una película de estreno.

Ahora su hijo había cumplido los dieciséis años y era un estudiante modelo. Le había gustado siempre el colegio y siguiendo el presentimiento tenido por su padre, se decantaba por estudiar medicina, quizás porque era lo que siempre había escuchado decir en casa. "El doctorcito" entraría en breve en la Universidad y Carlos se sentía muy orgulloso de él, era como vivir una segunda oportunidad a través de su hijo. Quería tener suficiente dinero para pagarle la carrera y comprarle un coche en cuanto cumpliera los dieciocho y se sacara el carnet, más dinero aún. Por ello en los últimos años se había convertido en un verdadero tacaño, como le llamaba su mujer. Ahorraba todo lo que podía a sabiendas de que no sería suficiente para darle a su hijo todo lo que deseaba para él y sufrió un fuerte shock cuando un día su vástago, consciente del esfuerzo que sus padres realizaban, le comentó que había encontrado un trabajo por las tardes como ayudante en el taller de motos del padre de un amigo suyo. Siempre le había gustado la mecánica y se le daba bien.

—No me pagará mucho pero lo suficiente para cubrir algunos de mis gastos. Así no tendréis que darme dinero si quiero ir al cine o tomar algo por ahí.

Aquello le impactó terriblemente. Su hijo se quedaba muchos fines de semana en casa alegando que tenía que estudiar o que no le apetecía salir cuando sus amigos le llamaban por teléfono, pero Carlos sabía que el verdadero motivo era que no quería pedirles ningún dinero a ellos.

—Mi hijo no trabajará en ningún taller, no estropeará sus manos de médico arreglando las motos de niños pijos.

—Pero papá…

No quiso escuchar nada más, salió del salón y se dispuso a vestirse para ir a trabajar, aquella semana tenía turno de tarde. Abandonó la casa con aspecto taciturno, no le había gustado aquello, ¡su hijo trabajando en un taller, qué tontería! Necesitaba ganar más dinero si quería que tuviera todo lo que a él le había sido negado desde niño, ya no servía de nada hacer turnos extras o cosas por el estilo, el sueldo seguía siendo irrisorio y así no conseguiría nada de lo que deseaba para su vástago. Se dirigió hacia el metro como de costumbre pero cuando estaba justo a punto de entrar le sonó el móvil. Vio "llamada oculta" y contestó. Al otro lado le habló un tipo con el que a veces había realizado algún trabajito para conseguir algún dinero extra, solía ofrecerle ropa de marca, perfumes, televisores, etc., todo conseguido de botines a tiendas y camiones de reparto que nunca llegaban con la mercancía a su destino. Siempre le había asegurado que eran producto de hurtos sin sangre, robos que generalmente las tiendas y las marcas acababan recuperando de los seguros que para ello contrataban.

Aquello no le parecía nada mal si después él podía venderlo a terceros y ganarse algo en la transacción.

Hacía dos días él mismo le había propuesto un asunto, le habían escogido para hacer un transporte gordo, la mercancía de una firma legendaria de joyería. Sabía que se trataba de algo importante y se ofreció a que si le encontraba alguien interesado él colaboraría con ellos por una alta suma de dinero, por supuesto. Si salía bien cobraría unos doscientos mil euros que le depositarían en una cuenta fuera de España, sabía que podía pedir incluso más, el botín del que les estaba hablando superaba los cuatro millones de euros pero no quería ser demasiado ambicioso. Se conformaría con ese dinero. Seguiría viviendo como lo había hecho hasta ahora pero con la seguridad de tener esa cantidad para poder pagar la carrera de su hijo. Sabía perfectamente lo que arriesgaba con todo ello, si salía mal podría ir a la cárcel pero su amor por su familia era mayor a todo. Nunca había podido darles ningún capricho excesivo a pesar de haber trabajado duramente durante tantos años, estaba harto de ver a su mujer cansada después de doblar turnos y de tener que apurar el dinero a fin de mes a sabiendas de que cualquier exceso les supondría no tener suficiente.

El hombre, al otro lado del teléfono le confirmó que quedarían para charlar esa misma noche cuando terminara su turno. En aquel momento quedaban apenas unos días para que se realizara el envío y él ya pensaba que su "amigo" no encontraría a nadie dispuesto pero ahora, al escuchar las buenas noticias comentadas por su interlocutor de la forma más discreta posible supo que todo estaría listo y que ya no tendría vuelta atrás. Ahora solo cabría esperar, aguardar con ansiedad a que todo terminara. Aquel iba a ser decididamente su año, jugaría sus cartas, iría a por todas y aunque la apuesta fuera arriesgada estaba dispuesto a asumirlo.

CAPITULO IX

Deseo

Apenas eran capaces de dejar de besarse en el taxi que les llevaba hasta la calle de Goya. Elena pagó al taxista al llegar al número indicado y subieron juntos, abrió la puerta de su casa y le animó a pasar. Nicolae se detuvo un momento en la entrada. Era la primera casa española que visitaba desde que viniera a este país, nunca antes le habían invitado tan abiertamente y sabía que muchos españoles le miraban con recelo por ser rumano. Ella le cogió de la mano, parecía darse cuenta de que se encontraba intimidado, se sentía inferior, como si no mereciera todo aquello y le acompañó al salón, era una amplia estancia, decorada con mucho gusto.Tenía unos enormes sillones de piel blancos, colocados alrededor de una preciosa alfombra de pelo largo sobre la que se hallaba una espléndida mesa redonda. Tenía un televisor gigante colgado en la pared, lo encendió y puso un canal en el que aparecían videos musicales. Había un mueble bar con una deliciosa barrita con dos taburetes, ella se quitó el abrigo que dejó tirado en uno de los sillones y se dirigió hacia allí.

—¿Te apetece una copa?

—Sí, por favor.

Nicolae se quitó la chaqueta y la dejó sobre el abrigo de ella mientras continuaba observando todo aquello con admiración. A mano derecha se hallaban unas puertas correderas que en ese momento se encontraban abiertas dejando ver otra estancia que parecía un gran comedor con una mesa grande y hermosas sillas de madera tallada. Las fotografías inundaban las paredes y Nico se dedicó a mirarlas, ella sonrió encantada.

—¿Te gustan?

—Son preciosas, ¿las has tomado tú?

—Sí, es uno de mis hobbies, la fotografía.

Elena se acercó a él y le tendió la copa.

—No pienses que traigo aquí a todos los hombres.

—No tienes por qué disculparte continuamente.

—Me importa lo que pienses, me gustas demasiado.

A Nico también le gustaba, pero sabía que aquella relación no podría durar, sería imposible. Tenía ganas de marcharse y acabar con aquello pero lo que su cabeza le aconsejaba, su corazón se lo impedía.

Elena se sentó en uno de los sofás y le invitó a hacerlo a su lado. Nicolae se sentía incómodo ahora, algo le decía que no debía continuar, que la haría daño.

—Escucha Elena, yo…

Ella le abrazó suavemente y le besó en los labios en un arrebato que le pilló por sorpresa. Ahora ya no podía pensar, le devolvió el beso y la intensidad fue creciendo, sus manos comenzaron a palpar aquellos senos que tan apetecibles le habían parecido y su contacto por encima del vestido le excitó tanto que la mente se le nubló y fue incapaz de pensar nada más. Ella le retuvo un momento, se levantó del sillón y bajó sutilmente la cremallera deslizando a continuación aquel pedazo de tela quedando vestida únicamente con un sugerente sujetador negro y unas diminutas braguitas del mismo color que podía ver a través de los pantis. El la acarició mientras seguía sentado disfrutando de aquel espectáculo que se ofrecía ante sus ojos. Ella desabrochó entonces el pequeño broche de su espalda y dejó sus pechos al descubierto, pechos que se erguían altivos y excitados y él comenzó a besarla por el vientre deslizando un poco aquellas finas medias para alcanzar su pálida y firme carne mientras sus manos extendidas alcanzaban y acariciaban aquellas montañas coronadas por dos pequeños pezones rosados. Su excitación era ya demasiado alta para parar. Elena se dejaba hacer mientras echaba su cabeza hacia atrás dejando su melena colgando a lo largo de su espalda, se inclinó sobre él y le besó con deseo.

—Me gustaría arrancarte la camisa.

—Hazlo.

Sin dejar de besarle pegó un tirón seco y dejó su torso desnudo de golpe mientras los botones saltaban a la alfombra. Comenzó a besarle por el pecho bajando hacia el lugar en donde se hallaba el cinturón de sus vaqueros, empezó a desabrocharlo y él la contuvo un momento.

—Vamos a tu cuarto.

Ella se levantó y le tomó de la mano. Se dirigieron por un pasillo, volvió a besarla allí de pie, manteniéndola contra la pared sosteniendo sus manos en alto y deslizando sus labios por su cuello llegando al pecho. Ella emitía gemidos de placer dejando su cuerpo a su merced. Al llegar al dormitorio la tumbó sobre la cama y observó su figura, retiró suavemente las medias mientras ella se movía de forma sensual haciéndole gestos para que se colocara encima. Nicolae acabó de desnudar la parte de su cuerpo que aún quedaba cubierta dejando entonces visible la extremada excitación alcanzada, se tumbó encima de ella besándola con tanto deseo que creyó que explotaría antes de llegar incluso a poseerla. Ella le abrazaba y respondía a sus besos con una ansiedad que no había llegado a tener en relaciones anteriores, ni siquiera con el padre de su hijo. Había algo en aquel hombre que le excitaba sobremanera y que no era capaz de controlar como lo había hecho en otras ocasiones y cuando por fin le sintió dentro de su cuerpo gimió de placer dejándole actuar y satisfaciendo sus instintos más primarios. Era tanta la excitación que había conseguido con los juegos previos que, al igual que su amante, alcanzó el clímax mucho antes de lo que hubiera deseado chillando de placer como nunca.

Permanecieron abrazados, pegados sus cuerpos sudorosos y jadeantes. Nico se incorporó entonces y apoyó la cabeza en su brazo mirándola con dulzura.

—Te gustaría mi país.

—Estoy segura de ello, me gustará todo lo que a ti te guste.

El sintió una punzada en su corazón, no quería llegar a hacer planes con ella pero tampoco quería romper la magia del momento. Deseaba seguir jugando a aquello, a soñar con la idea de tener a alguien que le amase y que llenase su vida.

—¿Qué vas a hacer durante los próximos, digamos cien años?

Nicolae sonrió ante la ocurrencia. No lo sabía, pero sí sabía lo que haría en unas horas. Tenía un trabajo que realizar y que no podía eludir, un trabajo que seguramente les separaría para siempre, pero ahora quería disfrutar de lo que la vida le había colocado justo entre sus brazos.

—Sé lo que voy a hacer en este mismo instante y eso me basta por ahora.

Comenzó a besarla de nuevo con pasión y ella respondió gustosa, quería poseerla de nuevo, ahora con más calma. Deseaba besar su suave piel paseando sus labios por todos los rincones de su cuerpo y mantener su sabor en ellos, un sabor intenso y dulzón que le volvía loco.

CAPITULO X

El Abogado y Silvia

Esteban contaba apenas veinticinco años. Se había casado hacía dos con una bonita muchacha que trabajaba como auxiliar administrativa en una empresa del sector de la construcción y que tenía sus oficinas cerca de la Plaza Castilla, en la calle Agustín de Foxá, justo al lado de la estación de Chamartín.

Compraron un año antes de la boda un pisito pequeño en la zona de Vallecas en donde Esteban había vivido toda su vida con sus padres, sus abuelos maternos, dos hermanas y un hermano. Los progenitores de su entonces novia Silvia les habían dado una ayuda y entre eso y una terrible hipoteca concedida por la Caja de Ahorros habían conseguido acceder a aquella vivienda de unos cuarenta y cinco metros distribuidos en salón, un dormitorio, cocina y baño. Pero aquello no le importaba demasiado a Esteban, su felicidad se basaba en su familia y amigos. Desde pequeño, criado en un barrio obrero, había tenido claro que ser honrado y honesto era lo mejor del mundo, su padre así se lo había enseñado.

—Procura ir siempre por la calle con la cabeza bien alta. No hagas nunca nada que te haga agacharla, que sean los demás los que se tengan que esconderse de ti y no tú de ellos.

Vamos, un poco aquello de: "ganarás el pan con el sudor de tu frente". Su hermano, que le sacaba dos años, había caído en las drogas a los quince y eso le hizo vivir un verdadero infierno en su casa. Todos lucharon unidos entonces para sacarle de un pozo sin fondo como aquel, hasta que cuatro años después de conocerse su adicción, con apenas diecinueve, había muerto de una sobredosis. El contaba diecisiete y se juró entonces que jamás volvería a pasar por nada semejante. A los dieciocho se metió a trabajar en una empresa de seguridad y se ganó el afecto de sus compañeros y jefes. A pesar de no ser un trabajo bien remunerado lo realizaba con orgullo mientras había seguido estudiando por las noches para matricularse después en la Universidad a Distancia sacando su título de abogado, profesión que deseaba ejercer algún día, aunque hasta el momento no había logrado hacerlo.

Acudía a entrevistas de trabajo al menos dos veces al mes esperando su oportunidad mientras en su empresa era conocido como "el abogado", título que no le habían concedido solo por la carrera que había estudiado sino por su legalidad en todo momento.

Su mujer se había quedado embarazada. Se lo había comunicado hacía apenas un mes y se sintió feliz con la noticia ya que llevaban casi un año intentándolo, a los pocos meses de casados ella había tenido un aborto natural y eso la había deprimido. Estaba seguro de que se apañarían de momento en su modesto pisito y más tarde, cuando él por fin encontrara un trabajo mejor pagado, podrían plantearse venderlo para comprar algo más grande, aunque no le importaba, él había vivido en algo más de setenta metros con su familia y jamás le había impedido ser feliz. El médico les había advertido de la posibilidad de complicaciones en la gestación y de que debería llevar un poco de cuidado.

—Solo para nuestra seguridad, no quiero que tengas sobresaltos ni disgustos. Procura dar largos paseos y no hacer demasiados esfuerzos, sobre todo ahora al principio.

Esteban lo había tomado al pie de la letra y solía hacer él la compra y las tareas de la casa aunque Silvia le regañaba a menudo por ello, incluso llegaron a proponer que se diera de baja, algo que ella negó rotunda.

—No soy ninguna inútil, no quiero que esto se convierta en una enfermedad. Si está de Dios que tenga otro aborto así será pero no pienso comportarme como una enferma ¿de acuerdo?

A él no le quedó otro remedio que aceptar su decisión, aunque solía vigilar a escondidas sus movimientos continuamente. Como ella tenía turno partido y salía a las siete de la tarde él había escogido turno de mañana para poder ir a recogerla y todos los días aparecía con un regalo a la puerta de la oficina, cosa que a ella le halagaba y le hacía tremendamente feliz. Tenían un coche pequeño que Esteban compró en sus años de noviazgo para poder salir por ahí los fines de semana y el mejor momento del día era cuando se dirigían a casa después de su jornada laboral comentando, sentados dentro de aquel vehículo, los asuntos del día.

 Silvia solía desplazarse en metro. No tenía carnet de conducir, nunca le había hecho falta y apenas tenía que caminar doscientos metros de la parada hasta su casa. Era un recorrido al que ya se había acostumbrado y que hacía diariamente pasando primero por el bar que una amiga suya tenía justo en ese camino para tomar un café y charlar un rato, una rutina que a ella le parecía absolutamente encantadora. Tenía una hermana mayor que vivía en Alicante, se había casado con un chico de allí y trabajaba en la tienda de muebles que un primo segundo de su madre tenía en aquella localidad. Su madre siempre había tenido muy buena relación con él y en cuanto su hija le comunicó su decisión de irse a vivir allí se puso en contacto con esa parte de la familia para que le echaran una mano, algo a lo que se ofrecieron encantados, máxime cuando ellos mismos les habían solicitado el mismo favor cuatro años antes cuando su única hija, embarazada, decidió venirse a Madrid para vivir, estudiar y tener a su hijo sola. Aquello se convirtió en un intercambio entre ambas familias y aunque había perdido a una hermana había ganado otra en la figura de su prima lejana. Elena le gustó desde el principio, le sacaba cuatro años y ella era apenas una niña cuando la conoció, le pareció entonces una muchacha valiente y decidida y cuando tuvo a su hijo Pablo se convirtió en su muñeco de juegos. Silvia había hecho de niñera en muchas ocasiones hasta que comenzó a trabajar y tener novio, entonces les visitaba cuando iba a casa de sus padres aunque Elena casi siempre estaba ocupada por su trabajo. Sabía que la vida le iba muy bien a su prima y a veces sentía cierta envidia sana de ella, siempre llevaba bonitos vestidos y olía a perfumes caros, aunque eso nunca había supuesto ningún obstáculo entre ambas. Elena no era de ese tipo de personas que te hacen sentir menos, al contrario, le propuso incluso que entrara a trabajar en su empresa pero ella prefirió hacerlo en la compañía para la que su padre había trabajado durante más de treinta años como aparejador y en la que se sentía totalmente feliz y relajada.

No le gustaba nada el ritmo de trabajo que Elena se sentía obligada a llevar. No le atraían los perfumes o las ropas caras aunque su prima solía regalarle muchos vestidos cada vez que cambiaba su vestuario, algo que hacía a menudo. Desde siempre habían tenido la misma talla y ahora que iba a tener un hijo le había prometido toda la ropa de cuando ella estuvo embarazada y llamó para felicitarla en cuanto supo de su estado por sus padres. Esteban también la quería mucho desde que la conociera cuando aún eran novios. Habían ido a cenar juntos para presentarles y Elena incluso prometió hacer lo posible para que trabajara con ella en un futuro, cuando consiguiera sacar la carrera, así es que el mes pasado Esteban había acudido a una entrevista en la empresa de inversores y habían quedado bastante satisfechos con él por lo que Silvia estaba segura de que el año siguiente sería un gran año porque, conociendo como conocía a su prima, estaba casi segura de que elegirían a su marido para el trabajo.

—Necesitas más experiencia, pero ya les he convencido de que si te dan el puesto no les decepcionarás. Sé todo lo que has luchado para conseguir tus estudios y lo responsable que eres así es que no dudo en que el trabajo es tuyo. Solo es cuestión de unos meses, dos o tres a lo sumo. Necesitan otro abogado como apoyo y lo saben pero primero tienen que hacer algunos reajustes internos.

Su madre siempre le había comentado lo bien considerada que estaba Elena en aquella firma. Sabía que si su prima le decía aquello no era solo por decir sino porque estaba segura. Quizás más adelante ellos podrían comprar un piso más grande, al menos con dos dormitorios para ponerle uno al niño, porque estaba segura de que sería un varón aunque no lo sabían aún, incluso le había puesto nombre: Enrique, en recuerdo del hermano que perdiera Esteban por la droga, aún no se lo había dicho a él pero ella lo tenía decidido, solo esperaba confirmar el sexo del bebé para darle la sorpresa.

 Sí, decididamente aquellas serían unas Navidades perfectas y el año siguiente sería su año. Tendrían a su bebé, Esteban conseguiría su nuevo puesto como abogado de una importante firma y comprarían una nueva casa, bueno, eso podría esperar, hasta que el niño fuera un poco más mayor y su marido se adaptara en su nuevo empleo y lo asimilara aunque sería bonito ir mirando algo.

Esteban por su parte ansiaba que llegara el día para empezar en su nuevo trabajo. No había comentado nada aún, por si acaso, pero se notaba en su comportamiento que algo había cambiado. Siempre había sido un muchacho alegre pero últimamente lo era aún más, lo achacaban a su próxima paternidad, sabían que le hacía mucha ilusión. Su compañero desde hacía seis meses: Carlos, veinte años mayor que él, se había convertido en su amigo y confidente. Tantas horas juntos les habían unido y él solía tratarle como un padre. Esteban le tenía mucho respeto y aceptaba su autoridad sobre él y sus consejos puesto que llevaba más años ejerciendo aquel trabajo, ahora les habían dado un traslado de mucha responsabilidad. Sabía que los jefes les habían escogido a ellos porque se habían ganado ambos sobradamente su confianza y eso le halagaba, aunque no le apetecía demasiado hacer trabajos de mayor riesgo cuando solo le quedaban unos meses de estar allí pero le habían asegurado que se habían realizado con anterioridad sin ningún problema así es que no tenía por qué preocuparse. Confiaba plenamente en su papito, como él solía llamar a Carlos muchas veces, sólo tendría que acompañarle en la ruta. "Papito" conduciría la furgoneta y él se limitaría a charlar, vigilando, claro está, de que todo fuese bien. Luego comerían un menú en algún restaurante. Estaba dispuesto a comentarle lo de su nuevo empleo durante la comida, no podía aguantar más seguir ocultándolo a la persona con la que compartía tantas horas, a su amigo, seguramente le alegraría saberlo. Le invitaría a él y a su familia a cenar el sábado en casa ya que a la semana siguiente sería Nochebuena y se divertirían jugando a las cartas y bebiendo whisky, había comprado una botella de un fantástico reserva, sabía que a Carlos le agradaría mucho, así podrían celebrar todo de golpe: su paternidad, la navidad, su nuevo empleo…

Seguramente le daría pena perderle como compañero pero él le prometería seguir celebrando cenas como aquella todos los meses para reunirse y continuar con su amistad. Estaba seguro que le alegraría, Carlos era un buen hombre, estaba seguro de ello.

CAPITULO XI

Lunes

Decidieron no ir a trabajar, tenían que hacer algunos preparativos. Su jefe de obra chilló como un loco al otro lado del teléfono a Alex.

—¿Estáis locos, tenemos encima las fiestas de Navidad y me dices que no podréis venir ni hoy ni mañana? ¿Pero que te has creído que estás haciendo?

Alex apreciaba a aquel hombre, sabía que gritaba demasiado pero que nunca llegaba a morder, estaba acostumbrado a tratar con él.

—No te pongas así, te prometo que terminaremos el trabajo aunque tengamos que trabajar en fin de semana pero nos es imposible hacerlo hoy.

—Eso espero, el lunes que viene es Nochebuena y quiero que por la mañana se haya terminado todo lo vuestro porque si no es así te aseguro que si tiene que rodar la cabeza de alguno no será la mía.

—¡Vale!, ¡vale!, ¿cálmate quieres?, no es tan grave, sabes que vamos muy avanzados y que llegaremos a tiempo al plazo fijado.

El jefe de obra se tranquilizó un poco, confiaba en Alex y en sus dos compañeros, sabía que eran capaces de trabajar sin descanso, de quedarse incluso sin comer si tenían que hacerlo. Había intentado en varias ocasiones que la empresa les contratara pero a la negativa de Alex de dejar de ser autónomo para trabajar por cuenta ajena se unía la nueva ley del Gobierno en la que personas de origen rumano solo podían trabajar por cuenta propia. Para ser contratados, la empresa debería presentar una pila de papeleo en Extranjería y eso era algo que no estaban dispuestos a hacer, además, seguramente deberían reducir plantilla en breve debido a la crisis que se estaba viviendo últimamente en el sector pero él no tenía en perspectiva renunciar a los trabajos de los tres mosqueteros rumanos como les habían apodado los compañeros. Demasiado competentes para prescindir de ellos.

—Bien Alex, confío en ti, pero no quiero tener que llamarte el miércoles preguntando en donde demonios estás.

Alex pensó que ojalá que eso nunca ocurriera porque significaría que algo habría salido mal en su otro "asunto".

—No te preocupes, el miércoles estaremos a las ocho en el tajo.

Se despidió cordialmente y se dirigió junto con Claudiu a la plaza de garaje que tenían alquilada cerca de donde vivían. Allí guardaban un viejo BMW que compraron de segunda mano a un compatriota a los dos meses de estar viviendo en Madrid y que les servía para salir los fines de semana como aquel en que habían llevado a Nicolae a Navacerrada para ver la nieve.

Salieron con Claudiu al volante y se dirigieron directamente al punto en donde al día siguiente deberían interceptar la furgoneta. Era un tramo despejado, sin tráfico alguno, no había nada más que campo alrededor. No sería difícil, aparecerían por un costado y le echarían el coche encima dejándoles fuera de toda opción ante la sorpresa. Le habían comunicado que el chivato sería quién fuera al volante por lo que no esperaba ninguna reacción extrema. De todos modos dejaría la ventanilla de Alex justo al lado de la del conductor en la maniobra para que pudiera apuntarle bien desde su asiento mientras él bajaba y se hacía cargo del otro tipo, aquel que supuestamente colaboraría con ellos "obligado" por las circunstancias. Les desarmarían en cuestión de segundos y les meterían en la trasera del todoterreno para atarles y amordazarles dejando el vehículo aparcado a un lado de la calzada para huir ellos con el botín en el furgón.

Condujeron siguiendo el plan trazado hasta el lugar en el que meterían la furgoneta en una nave alquilada para tal ocasión, en donde el contenido sería distribuido en varios utilitarios, taxis con pasajeros que se dirigirían a Barcelona cargados de joyas de diseño. Tardarían unos quince minutos en llegar a ese improvisado garaje, más o menos el tiempo que consideraban tardarían en darse cuenta del asalto y localizar a los vigilantes encerrados en la cuneta, ya que el golpe se produciría justo después de que el guarda jurado comunicara con la central para informar de la ruta que seguían y de que todo estaba en orden. Sabía que si no comunicaban en los diez minutos siguientes comenzarían las alertas y les localizarían rápidamente. La policía no tardaría en llegar al lugar y buscarían entonces la furgoneta blanca, sin rótulos, que ya se encontraría a buen recaudo en el interior de la nave y cuya mercancía desaparecería en cuestión de pocos minutos en el interior de los taxis preparados y listos para salir enseguida a la Nacional II camino de su destino, probablemente algún barco que saliera aquella misma noche del puerto de Barcelona pero eso ya eran solo suposiciones suyas. Viorel no les había dado más información de la estrictamente necesaria, solo que uno de los taxis les llevaría a ellos de vuelta al lugar en el que dejarían su coche cambiándolo por el todo terreno que usarían ese día.

 Para un golpe semejante se hubieran necesitado al menos cuatro hombres en el asalto al furgón, dos de los cuales, sentados en la trasera del todo terreno, hubieran saltado del vehículo justo en el choque para reducir al copiloto y evitar cualquier maniobra en falso, pero Viorel necesitaba todos sus hombres para recolocar la mercancía en los taxis y que actuaran después como conductores y pasajeros. Incluso alguna de las jóvenes que trabajaban para él como prostitutas tendrían un papel. Ese día harían las veces de amantes esposas por lo que en alguno de los taxis aparecerían como un matrimonio normal de viaje para evitar sospechas, además Viorel daba por sentado que no tendrían ninguna dificultad, confiaba totalmente en que su confidente no daría ningún paso en falso, lo mismo que su compañero.

—¿Has localizado a Nico?

Alex parecía preocupado por el chico, confiaba en que no se echara para atrás en el último momento.

—No te preocupes, salió esta mañana para hacer el mismo recorrido que la mujer de ese tipo y encontrarse con Radu para ultimar los detalles.

Claudiu vio la preocupación en el rostro de su amigo y le tranquilizó.

—No tengas dudas acerca del chaval, sé que hará su trabajo, confío en él plenamente. Mañana todo habrá terminado y podremos librarnos por fin de Viorel. Sería conveniente que nos fuéramos unos días después, aprovechando las Navidades. Podríamos bajar a Valencia en coche, he hablado con mi primo y me ha comentado que podemos quedarnos en su casa.

—¿Le has dicho algo?

—¿Del trabajo?, por supuesto que no, ya me conoces. Solamente le dije que necesitaba unas vacaciones y que si no le importaba que llevara a mis amigos y él se mostró encantado. Hace ya por lo menos siete meses que no le veo y está deseando llevarme de pesca.

Alex respiró aliviado, no quería más gente implicada en el tema, era un asunto demasiado delicado para airearlo por ahí, ni siquiera con la familia. Sabía que el primo de Claudiu le debía mucho a éste, le había prestado dinero para que pudiera venir a España con su familia. En un principio estuvo viviendo en Madrid con su mujer y su niño de seis años, en el mismo piso que ellos. En aquel entonces Claudiu se hizo cargo de todos sus gastos y le ayudó con todo el papeleo. Luego se marcharon para Valencia porque una hermana de su mujer vivía allí y les consiguió trabajo a los dos, a ella la metió como asistenta en una casa y él entró a trabajar con el marido en una empresa de fontanería. Ahora les iba muy bien, habían podido alquilarse un bonito piso y comprar una pequeña furgoneta que su primo utilizaba para trabajar. Claudiu no les había vuelto a ver desde que se marcharan para allá aunque hablaban a menudo por teléfono.

—Lo cierto es que me apetece alejarme de aquí una temporada y me gustaría conocer Valencia.

—Bien, entonces haremos como dices. Si el viernes al mediodía terminamos la obra nos marcharemos para allá hasta que acaben las fiestas y a la vuelta podremos comenzar de nuevo como si nada de esto hubiera pasado.

Claudiu asintió mientras seguía conduciendo.

CAPITULO XII

Alex y Claudiu

Alex se había acostumbrado en la vida a vivir entre dos mundos, uno normal y corriente y otro fuera de todo control. Había aprendido a separar esas dos vidas de forma que no le influyera demasiado, no quería vivir para siempre en ese lado fuera de la ley, deseaba llevar una vida normal aunque las ganancias fueran menores y tuviera que trabajar duro. Sabía que muchos de sus amigos habían elegido el camino fácil y algunos de ellos ya estaban de vuelta en Rumania huyendo de algún delito o habían acabado en cárceles españolas cumpliendo condena.

Su vida no había sido nada corriente en los últimos años, provenía de Sibiu, ciudad ubicada en el sur de la región de Transilvania, capital del distrito del mismo nombre, un importante centro cultural y económico. Fue fundada en 1190 por colonos alemanes, quienes dieron el nombre Hermannstadt, en el siglo XII, como resultado parte de su arquitectura es germánica y el 1,6% de la población que vive allí son alemanes, su alcalde de hecho es de origen alemán y lleva a cabo una serie de importantes reformas que la han convertido en una de las ciudades con mejor calidad de vida de Rumanía, además, durante el 2007 fue, junto con Luxemburgo, Capital Europea de la Cultura, cosa que Alex y su compañero Claudiu vivieron a través de las noticias en la televisión.

Sibiu fue construida sobre un asentamiento romano que a inicios de la edad media era conocido como Caedonia y que, al parecer, estaba deshabitado en el momento de la llegada de los sajones. En el siglo XIV, el poblado ya era un importante centro comercial en la región. En 1376 los artesanos del lugar se agruparon en 19 gremios diferentes.

Se convirtió en la más importante de las siete ciudades con etnia alemana que dieron a Transilvania su nombre de Siebenburgen en idioma alemán (que significa literalmente "siete ciudades"). Por otro lado, Sibiu se convirtió en la sede de la Universitas Saxorum, es decir la Asamblea de Alemanes en Transilvania. En el siglo XVII, la opinión pública la reconocía como la ciudad más oriental dentro de la esfera europea; se trataba también del punto extremo oriental al cual llegaban las rutas postales.

Durante los siglos XVIII y XIX la ciudad llegó a ser uno de los centros rumanos más importantes de la región. Ahí se fundó el banco Albina, el primero con dueños nacionales y, también la Asociación Cultural ASTRA (Asociación Transilvana para la Literatura Rumana y la Cultura de los Rumanos). En 1860, tras el reconocimiento de la Iglesia Ortodoxa Rumana dentro del Imperio Austrohúngaro, Sibiu se convirtió en su sede metropolitana. Actualmente, la ciudad ocupa el tercer puesto como importancia religiosa en Rumania. Entre la Revolución húngara de 1848 y 1867 (el año del Ausgleich). Fue el punto de reunión de la "Transylvanian Dieta de Transilvania", que había adquirido su forma más representativa tras el acuerdo del Imperio para extender el derecho a voto en la región.

Tras el fin de la primera guerra mundial, cuando el Imperio Austrohúngaro se disolvió, Sibiu pasó a formar parte de Rumania; la mayoría de su población era de ascendencia alemana y húngara. Entre 1950 y 1990, la mayor parte de la población con origen teutón emigró a Alemania.

Sibiu es una de las ciudades más prósperas de Rumania y se beneficia de la más elevada inversión extranjera del país. Es sede de importantes empresas del sector automovilístico y precisamente era en ese sector donde se había movido el padre de Alex ganando mucho dinero durante muchos años. La suya fue una familia acomodada, jamás le faltó de nada en su casa, ni a él ni a sus dos hermanos. Su madre nunca había necesitado trabajar hasta que su padre, una noche, tuvo un terrible accidente de tráfico que lo dejó postergado en una silla de ruedas y sin poder hablar. Estuvo así durante unos tres años hasta que murió, para entonces el dinero de la familia había disminuido notablemente y su madre vendió entonces la casa, embargada por las deudas para pagar a un tipejo, alguien similar al Viorel que ahora conocían, para que la trajera a

España a ella y a sus tres hijos, pero aquel sujeto desapareció llevándose con él todo el dinero pagado.

Su madre, después de aquello, se puso a trabajar en una fábrica para sacarles adelante. Su hermano, mayor que él, hizo lo mismo y fueron sobreviviendo. Su hermana se marchó a vivir con un novio que tenía cuando contaba apenas dieciocho años, un muchacho bien parecido que siempre andaba con trapicheos y asuntos sucios hasta que dio con sus huesos en la cárcel, entonces regresó embarazada junto a su madre y tuvo un niño, una boca más que alimentar. Alex, que en aquel entonces tenía unos catorce años dejó los estudios y se puso a trabajar en una panadería-pastelería, cada noche llevaba a su casa pan y harina que el dueño le entregaba en agradecimiento por su trabajo aparte de su salario que, aunque pequeño, contribuía a la economía familiar, otras veces lo vendía y se sacaba algo más de dinero. Así durante cuatro años, entonces decidió marcharse a Alemania a buscarse la vida. Encontró trabajo allí y conoció a una joven con la que convivió incluso aprendiendo a hablar alemán perfectamente hasta que, en un viaje que hizo a Rumania para ver a su familia después de muchos años, se encontró con un primo suyo: Claudiu. Fue él quien le animó a venir a España, lo había dejado con aquella novia alemana y lo cierto es que no se acababa de sentir a gusto en aquel país. Era demasiado frío, la gente no era especialmente amigable y al contarle su primo sus vivencias, decidió lanzarse a la aventura y comenzar de nuevo. En Alemania no le era posible ahorrar demasiado, a pesar de trabajar duro, y él seguía mandando dinero a su madre para ayudarle a ella y a su hermana con el niño.

Claudiu le contó maravillas y tardó solo un par de días en recoger todas sus cosas y sacar un billete de avión con destino a Madrid.

Cuando llegó al aeropuerto de Barajas su primo estaba allí esperándole. Había llegado hacía apenas una semana y al ver su rostro pálido y con grandes ojeras supuso que no todo sería fácil. Claudiu le explicó entonces que los amigos que tanto le hablaron de España y que le habían incitado a venir ahora parecían no querer saber nada de él. Había estado en casa de varios de ellos pero todos le ponían excusas y lo máximo que hicieron fue darle alojamiento durante las dos primeras noches. Después tuvo que buscarse la vida, sin apenas dinero ni amigos había estado durmiendo en la calle las dos últimas noches y estaba totalmente desesperado.

—Te juro que he tratado de encontrar alguna solución para cuando tú llegases primo, pero no he sido capaz de…

Se echó a llorar como un chiquillo y Alex le abrazó asombrado. Jamás hubiera imaginado ver a su primo en aquella actitud, era un chico muy fuerte, no solo físicamente, le recordaba cuando iban al colegio juntos y él siempre le defendía de los demás niños. Ahora al verle derrumbado sintió que era él quién tenía que ayudarle y, quizás por la absoluta ignorancia de la verdadera situación por la que había pasado en estos días, se envalentonó.

—Ya verás como todo se soluciona, yo también conozco a un amigo que está ahora en Madrid, era el dueño de la panadería en la que estuve trabajando en Sibiu. Cuando me marché a vivir a Alemania seguí en contacto con él y ahora, cuando le llamé para decirle que venía a Madrid me dijo que fuera a visitarle.

Sacó un trozo pequeño de papel con una dirección escrita y se lo enseñó a su primo que lo miró con ojos incrédulos.

—Espero que no haga lo mismo que mis amigos que tanto me prometieron pero que me han dejado tirado en la calle como a un perro.

—Ya verás cómo no es así, anímate, es un buen tío. El ya lleva tres años aquí, incluso se casó con una española y tienen un niño pequeño. Estoy seguro de que él nos ayudará, ya lo verás, ¿te queda algo de dinero?

Claudiu introdujo su mano en el bolsillo del pantalón vaquero y sacó unos cuantos billetes y unas monedas.

—Creo que hay unos doscientos euros, es todo.

Alex sonrió para darle ánimos.

—Bien, yo traigo unos quinientos, así que por lo menos este mes podremos subsistir hasta que encontremos un trabajo. Solo necesitamos una casa en donde dejar nuestra ropa y poder asearnos. Si tenemos que dormir en la calle lo haremos si es que mi amigo no tiene inconveniente en dejarnos estar, no le pediremos nada más que eso, ¿de acuerdo?, yo ya pasé por lo mismo en Alemania. No será fácil pero te aseguro que lo conseguiremos.

Claudiu esbozó una sonrisa, estaba feliz de tenerle con él, había sido muy duro verse solo, estaba seguro de que Alex lo arreglaría todo.

Recogieron las bolsas que tenían en el suelo y Claudiu le llevó hasta la parada de un autobús que les llevaría a Madrid desde el aeropuerto de Barajas. Cuando se sentaron, Claudiu sacó un callejero que le tendió a su primo para que localizase la calle de la casa de su amigo y Alex comenzó a buscar en la A de Avenida del Manzanares. Buscó el número 18 y se lo enseñó.

—Aquí es donde tenemos que ir.

Claudiu le miró sonriendo.

—Alex, me costó un triunfo llegar hoy hasta el aeropuerto, no pretenderás que sepa llevarte hasta allí ¿verdad?

—Claro que no, me has dicho que este autobús nos llevará a Madrid. En la última parada nos bajamos y llamaré por teléfono a mi amigo, no te preocupes. Sé que él nos dirá como llegar o incluso vendrá a buscarnos.

Claudiu no dijo nada, ojalá que así fuera. Confiaba que su primo no estuviera equivocado con respecto a ese hombre. Cuando se bajaron en la Avenida de América buscaron una cabina de teléfonos y Alex marcó el número que llevaba apuntado junto con la dirección, ya eran cerca de las ocho de la tarde y rezó para que su amigo estuviera en casa. Contestó una mujer al otro lado y Alex solamente pudo pronunciar el nombre.

—¿Alin?

La mujer le dijo algo que apenas comprendió pero supo que llamaba a su marido y le pasaba el auricular. Al escuchar la voz de Alin al otro lado el rostro de Alex se iluminó y comenzó a hablar en rumano con él. Claudiu le observaba con renovada fe, por lo menos aquel se ofreció a ir a buscarles hasta allí. Le dijeron el número en el que se encontraban de la Avenida de América y cuando Alex colgó el teléfono se volvió sonriendo.

—Esperaremos aquí hasta que llegue. Dice que tardará un rato porque el tráfico está mal a estas horas y viene desde la otra punta de Madrid pero que no nos preocupemos que su casa es nuestra. Ya te dije que él sí que nos ayudaría.

Claudiu le abrazó, las lágrimas habían vuelto a aflorar en sus ojos, de no ser por su primo se habría vuelto loco allí solo. Si Alin les ayudaba juró que le devolvería aquel favor multiplicado por diez. Se había sentido tan pequeño y desgraciado, sin patria, sin hogar ni amigos que todo lo que le dieran sería bien recibido, justo era que el mundo les diera una oportunidad. Alex le calmó, quería a su primo pero ahora, lejos de su hogar y solos como se hallaban en un país extraño en el que no conocían el idioma siquiera, un vínculo más fuerte aún surgió entre los dos muchachos. Un vínculo que les mantendría unidos hasta el final de sus días.

CAPITULO XIII

Cada uno su parte

Nicolae se levantó muy temprano ese lunes. A las seis y media de la mañana ya salía por la puerta y se dirigía al metro, no quería llegar tarde, sabía que la tal Silvia abandonaba su casa a eso de las siete y media, caminaba por la calle y se detenía a tomar café en un concurrido bar en el que charlaba con una amiga antes de coger el metro para ir al trabajo.

En un primer momento había pensado que con solo un día de antelación para preparar aquello cualquier cosa podía salir mal. Podrían surgir imprevistos, pero luego, al analizar con más calma las instrucciones que le habían dado por teléfono se dio cuenta de que sabían ya de antemano todos los detalles sobre aquella muchacha, fruto seguramente de un seguimiento anterior realizado por los hombres de Viorel. Sabía que este no se arriesgaría a ningún fallo que él cometiera. Ahora tenía la certeza de que no solo estaría Radu esperándole en un coche en Chamartín, parada en la que se bajaba Silvia todos los días después de haber realizado un largo recorrido en la línea uno del metro, sino que probablemente algún otro le seguiría a él y a la chica para evitar cualquier fallo o arrepentimiento por su parte. Llegó a la parada que le habían comunicado: Miguel Hernández. Salió del metro, miró a su alrededor y localizó enseguida la Avda. Rafael Alberti, anduvo por la calle con aspecto distraído hasta llegar al número de la casa. Pasó de largo y dio la vuelta un poco más adelante, regresó sobre sus pasos, cruzó hasta la otra acera y se detuvo. Encendió un cigarrillo y miró su reloj: las siete y diez, hizo como si esperara a alguien y se mantuvo vigilante del portal. Hacía frío a esas horas, miró a un lado y a otro, ¿dónde estaría el tipo que Viorel seguramente mandaba para vigilarle? no vio a nadie. Probablemente se hallaba escondido en algún lugar o quizás le esperaba en el bar en donde la chica pararía a tomar café, no se preocupó más.

Comenzó a recordar la tarde anterior que había pasado con Elena, realmente era una mujer atractiva. Hacer el amor con ella había resultado muy excitante y desde luego había sido lo mejor que le pasara desde que vino de Rumania. Cerró los ojos tratando de rememorar todos los detalles, el viaje hasta su casa en un taxi que cogieron en Colón, su hermoso piso amueblado a todo lujo, las paredes llenas de imágenes enmarcadas con elegancia. Recordó que a Elena le encantaba la fotografía y las había de casi cualquier tema, un avión a punto de tomar pista, un mar embravecido bajo un cielo totalmente cubierto de nubes, un anciano sentado en un banco rodeado de palomas… e instantáneas de su hijo Pablo desde sus primeros días de vida hasta la actualidad. La copa que ella le preparó concienzudamente y que no llegaron a terminar del todo, su forma de besarle, el placer de desnudarse mutuamente en aquel lujoso sofá de piel, cuando la tumbó encima de la cama admirando su bien formado cuerpo de mujer antes de lanzarse sobre ella y poseerla. Hacía por lo menos seis meses que no había tenido relaciones con ninguna mujer. Se había conformado con silenciosos juegos solitarios realizados en la penumbra de su reducida habitación para aliviar esa parte de su ser que, a pesar de todo, estaba claro que seguía viva, así que había reaccionado con un instinto casi animal al sentir su piel desnuda pegada a su cuerpo, algo que después trató de enmendar en una segunda vez con un juego más delicado y amoroso. Abrió los ojos y miró nuevamente su reloj, ya era casi la hora. Debía de permanecer atento si no quería perder a la chica, cosa que sucedería de seguir con aquellos pensamientos, aún podía sentir el olor del cabello sedoso y de su piel mezclada con el caro perfume, sacudió la cabeza y se movió un poco. Estaba claro que le gustaría volver a verla, deseaba tenerla de nuevo entre sus brazos y quizás, pensó, no tener que marcharse de su lado a las pocas horas sino quedarse dormido entrelazando su cuerpo. Aunque sabía que eso era un sueño casi imposible, ella era una mujer de éxito, con una vida de un nivel inasequible para querer compartirlo con alguien como él. No, sabía que aquello era solo algo que la vida te ofrece durante unos instantes y que hay que disfrutarlo mientras sucede.

Volvió a mirar al portal y vio a Silvia en ese momento. La reconoció por las fotos que ya le habían mostrado pero ahora, al verla en persona le recordó bastante a Elena aunque su pelo era más corto y liso. Había cierto aire en sus andares que le produjo un magnetismo especial recordándole el día anterior cuando la vio subiendo la calle del restaurante, seguramente el haber estado pensando en ella hacía que ahora se le apareciera por todas partes.

Silvia pasó de largo por la otra acera y se dispuso a seguirla, caminaron unos pocos metros y entró en la cafetería. Nicolae hizo lo mismo y se colocó al otro lado de la barra. Pidió un café, cogió un periódico que se encontraba por allí encima y comenzó a ojearlo tratando de pasar desapercibido. Vio a un tipo que observó un momento dentro del bar desde la amplia cristalera de la entrada, allí estaba, aquel era seguramente el hombre de Viorel, pero ni siquiera entró, miró un instante y continuó su camino. Sí, seguro era él. Tomó su café tranquilamente, lo había pagado en el mismo momento en que se lo sirvieron para estar seguro de poder marcharse en cuanto Silvia decidiera hacerlo. En la ficha que le habían dado junto con las fotos de la muchacha aparecía todo, como si se tratara de un historial: nombre, apellidos, edad, dirección, color del pelo, de los ojos, estatura aproximada y peso. Las fotos no eran para menos, había solo del rostro, de cuerpo entero, por delante, por detrás, sentada y de pie, desde luego habían trabajado a fondo.

Al cabo de unos quince minutos se despidió de la mujer con quién había estado hablando todo el tiempo y salió del bar. Nicolae se levantó y la siguió a distancia, ella entró en la boca del metro, introdujo su billete en la ranura y pasó al otro lado. Tomó la dirección que señalaba la línea uno y al llegar al andén se detuvo, sacó un librito pequeño que llevaba en el bolso y leyó unas líneas hasta que llegó el tren. Una vez dentro del vagón se colocó en uno de los rincones agarrada con una mano a la barra de sujeción mientras con la otra abría de nuevo por la página por la que había dejado su lectura y continuó con ella.

Nico se apoyó en una esquina con las manos en los bolsillos y se distrajo tratando de localizar al tipo que había visto en el ventanal del bar pero no le encontró. Seguramente estaría en algún vagón contiguo. Se distraía mirando los carteles cuando llegaban a una estación, Puente de Vallecas, Pacífico, Méndez Alvaro, Atocha Renfe, Atocha, Antón Martín, Tirso de Molina… desde luego aquella chica trabajaba al otro lado del mundo. Aquello parecía no tener fin pero no había riesgo de perderla, no tenía que hacer ningún trasbordo, el tren la dejaría justo en la estación de Chamartín en donde solo debería caminar apenas cinco minutos para llegar a su oficina.

La gente bajaba y subía en cada parada y Nico observaba sus rostros, sus ropas, jugaba en su mente a tratar de adivinar el empleo de cada uno. Un hombre trajeado con corbata y abrigo largo azul marino: peón albañil, una mujer gruesa sentada mirando desconfiada a todo el mundo y con el bolso firmemente agarrado sobre sus piernas: policía. Se sonreía ante sus propias ocurrencias pero aquello le mantenía fuera de otros pensamientos. No quería volver a atontarse demasiado pensando en Elena y sabía que lo haría en cuanto dejara de ocupar su mente con algo, aunque fuera aquel estúpido juego.

Silvia cambió de posición en una de las estaciones al encontrar un sitio vacío en el que se sentó y continuó con su lectura pero sin dejar de estar dentro de su campo de visión.

Al fin llegaron a Chamartín y la siguió hasta el exterior, se dio cuenta de que las instrucciones eran exactas. Ella atravesaba un lugar muy poco concurrido antes de entrar de lleno en la calle Agustín de Foxá. Allí sería donde les esperaría Radu con un coche, solo tendría que acelerar un poco el paso, agarrarla por detrás y meterla directamente en el asiento trasero sentándose a su lado. Se detuvo en un punto aproximado en donde adivinó que estaría el auto aparcado. Le habían comentado que le proporcionarían cloroformo, solo tenía que ponerlo en un pañuelo y taparle la boca a la vez que la empujaba dentro del coche, bastaría para dormirla durante todo el trayecto hasta la casa que habían alquilado a las afueras para la ocasión. Vio a Silvia de lejos dirigiéndose tranquilamente a su trabajo, no tenía ni idea de lo que la esperaba al día siguiente, pobre chica. Desde luego iba a ser un mal trago para ella pero él se encargaría de que nadie la hiciera daño. Se giró y descubrió entonces al tipo que vio asomarse a la cafetería avanzando hacia él hasta colocarse a su lado, efectivamente era el que le seguía. Le miró directamente mientras el otro le dedicaba una sonrisa y le tendía una bolsa.

—Aquí tienes lo que necesitarás mañana. Procura no cagarla niño.

El tipo siguió su camino dejándole atrás con aquella bolsa de plástico. Nico la abrió y vio dentro un frasco, como los de alcohol de las farmacias y un pañuelo grande, también había unas ampollas de cristal sin nombre alguno junto con dos o tres jeringuillas, algodones y alcohol. Imaginó que sería algún tipo de droga que pensaban suministrar a la chica para mantenerla en calma, la cerró de nuevo y se volvió hacia el metro.

CAPITULO XIV

El piso de la Avenida Manzanares

Alín resultó ser un tipo muy simpático y dicharachero. Era moreno y grueso, de mediana estatura y con una sonrisa contagiosa que se empeñaba en lucir todo el tiempo, le gustó a Claudiu desde el principio. Les llevó a su casa tras ir a buscarles a la Avenida de América y les presentó a su mujer y a su niñito de año y medio. Alex le había puesto al corriente de su delicada situación durante el trayecto en coche y Alín se sintió conmovido.

—De eso nada, no solo podéis dejar vuestro equipaje en casa sino que os quedaréis hasta que encontréis trabajo y podáis permitiros un piso en donde vivir.

Su mujer era bajita y regordeta con un rostro redondeado y amable muy bonito. Les presentó, se llamaba Marta. Enseguida preparó dos cubiertos más en la mesa que tenía dispuesta para la cena y les invitó a sentarse. Ellos apenas entendían alguna cosa en español al principio por lo que la miraban atentamente siguiendo las indicaciones que ella les hacía por señas. Hablaba mucho, como Alin.

Cenaron tranquilamente y la mujer comenzó a recoger. Tanto Alex como Claudiu se levantaron como si les hubieran colocado un resorte y comenzaron a quitar la mesa pero ella pareció disgustada y los mandó sentar de nuevo, al menos eso era lo que ellos entendían. Miraron a Alin que se reía encantado.

—No quiere que ayudéis sois sus invitados, venid conmigo, nos sentaremos en el sofá a tomar una copa y charlaremos.

Marta acabó de quitar todo en un santiamén y cogió a su pequeño que ahora jugaba en los brazos de su padre para acostarle. Alex acarició la cabecita del muchacho que pataleaba deseando seguir con sus juegos pero ella le convenció finalmente comenzando a cantar una canción que parecía gustarle mucho y desaparecieron cerrando la puerta al salir.

—Va a dormir al niño y a preparar la otra habitación para vosotros. Le he contado vuestro problema y está de acuerdo en que os quedéis en casa.

—No queremos suponerte ningún problema Alin.

—Tonterías, yo también lo pasé muy mal cuando llegué a España y tampoco tuve demasiada ayuda. Lo dicho, mi casa es vuestra, aunque os advierto que enseguida os colocaré en algún sitio para que vuestra estancia sea lo más corta posible.

Se rió con una sonora carcajada y levantó su copa animándoles a ellos a hacer lo mismo. Brindaron y charlaron un rato acerca de Sibiu, de Alemania, de España, de sus aspiraciones y de sus penas mientras bebían y reían. Se sentían casi como en casa, reunidos con los amigos y hablando en su idioma. Estuvieron algo más de una hora antes de irse a dormir. Marta les había preparado una habitación con dos camitas y un armario, había dejado sus equipajes encima de cada una de las camas. Alin miró satisfecho desde la puerta.

—¿Verdad que es una mujer estupenda?

Estaba claro que lo era.

—Mañana me levanto temprano para ir a la tienda, vosotros podéis descansar y vernos más tarde.

—No, no, nosotros nos iremos contigo.

Alex no quería molestar a aquella dulce mujer más de la cuenta, además tenían que empezar a moverse rápido si querían empezar a trabajar pronto.

Quedaron a las siete y Alin se despidió de ellos en español.

—Tendréis que acostumbraros cuanto antes, procuraré hablar con vosotros en los dos idiomas de forma que vayáis aprendiendo algo.

Cerró la puerta y ambos se quedaron allí en silencio. Se despojaron de sus ropas y se metieron en sus respectivas camas, para Claudiu era como una bendición aquello después de haber estado durmiendo en la calle pasando frío. Se acurrucó entre sus mantas y se durmió enseguida. Alex sin embargo pensó durante un largo rato en cómo saldría todo esto, estaba preocupado, cierto que cuando se marchó a Alemania también lo hizo a la aventura, sin mayor pretensión que encontrar una situación laboral y económica mejor de la que había en aquellos momentos en Rumanía y lo mismo tendría que hacer en España. Le habían contado maravillas, había gente que ganaba mil quinientos, dos mil euros e incluso conocía quién contaba que ganaba tres mil en Madrid. Aquello sobrepasaba con mucho los sueldos de su país en donde lo habitual era ganar doscientos o trescientos euros, incluso ganando el sueldo de un peón que le habían comentado rondaba los ochocientos o novecientos sería suficiente. Solo tenían que encontrar a alguien que quisiera emplearles y podrían comenzar una nueva vida. Cerró los ojos y se durmió soñando con una nueva oportunidad para él y para su primo.

Alin tenía un horno de pan y pastelería, aunque no era él quien se pasaba la noche horneando para el día siguiente. Tenía un encargado que lo hacía junto con otros dos muchachos. El solía ir más tarde para abrir al público y despachar junto con otra chica que tenía también empleada. Antes había sido su mujer quien trabajaba con él pero ahora, con el niño, habían decidido coger a alguien hasta que el pequeño tuviera al menos dos años para empezar a llevarle a una guardería. No era una tienda muy grande pero era muy bonita, Alex y Claudiu se quedaron con la boca abierta al verla. Pensar que en solo tres años había sido capaz de conseguir su propio negocio les daba esperanzas de que quizás ellos pudieran hacer lo mismo.

Alin les hizo entrar en la parte trasera en la que tenía el horno, les presentó a los chicos que trabajaban allí. Tanto el encargado como los otros dos muchachos eran también rumanos. Lo atravesaron hasta el fondo, abrió con llave una puerta y pasaron dentro, se encontraron en un pequeño despacho en donde se sentaron. Alin les comentó entonces cómo había conseguido el dinero para montar aquello.

—Cuando llegué a España sabía que un amigo de un amigo mío se encontraba aquí y tenía ciertos negocios, no demasiado limpios, pero que el tipo en cuestión ayudaba a muchos rumanos a cambio de ciertos favores. Yo traía su teléfono y me puse en contacto con él, no es necesario trabajar para ellos continuamente si tú no lo quieres, así que yo decidí hacerlo solo para conseguir un préstamo con el que comenzar aquí en España y así fue como conseguí el dinero necesario para abrir la tienda, préstamo que aún hoy día continúo pagando todos los meses religiosamente. No te regala nada, por supuesto, pero te ayuda a iniciar tu vida aquí.

Alex miró a Claudiu con resignación, conocían perfectamente a lo que se refería Alin. Aquellos tipos solían pertenecer a mafias que robaban y traficaban. No era precisamente la idea que tenían ellos para comenzar de nuevo pero estaba claro que a Alin le había ido muy bien y parecía contento, quizás no fuese tan malo después de todo.

—Os aseguro que no tendréis que matar a nadie, son trabajos sencillos que, por supuesto entrañan un riesgo, tales como hacerle transportes de joyas robadas o hacer de conductor en algunos encargos si es que eres bueno conduciendo. Jamás os hará empuñar un arma ni nada por el estilo, para esos trabajos ya cuenta con su gente. Escuchad, el tipo se llama Viorel, es un hombre duro y cruel pero os aseguro que no tendréis que hacer nada que no queráis. El lo deja muy claro desde un principio, si quieres su ayuda te pone sus condiciones y si tú aceptas, bueno, nunca te pedirá nada más que no haya sido pactado en su día, ¿entendéis? Yo puedo poneros en contacto con él y seréis vosotros los que decidáis qué hacer, no quiero tampoco que penséis que yo quiero que lo hagáis. Es vuestra decisión, desde luego tardaréis mucho menos en abriros camino y conseguir trabajo, casa y un sueldo para manteneros que si lo hacéis por vuestra cuenta.

Claudiu asintió, no estaba dispuesto a pasar mucho tiempo abusando de la hospitalidad de Alin, quería ser capaz de moverse por sí mismo.

—A mí no me parece mal en principio, parece ser que a ti te ha ido bien el asunto, sea lo que sea.

Miró a Alex y esperó su respuesta, su primo parecía dudar pero al final asintió quizás gracias a la mirada deseosa de Claudiu.

—Está bien, ponnos en contacto. Si quiere vernos le explicaremos nuestra situación y trabajaremos para él el tiempo suficiente para conseguir valernos por nosotros mismos de forma honrada, solo hasta ese momento.

Alin sonrió a los dos y descolgó el teléfono. Habló primero con alguien y luego le pasaron con el tal Viorel, parecían llevarse muy bien, a juzgar por las bromas y las risas entre ellos.Quizás no fuera tan mala idea hacer unos cuantos trabajos para aquel tipo si con ello podían conseguir algún dinero para empezar de nuevo. Cuando colgó les miró satisfecho.

—Creo que vais a tener suerte, parece ser que ha abierto otra discoteca en el centro y necesita un par de matones para la puerta, le he dicho que vosotros dos sois corpulentos y podéis hacer ese papel de maravilla. Ya veis, será más sencillo todavía, lo único que haréis será vigilar el local y a los patosos de turno. Os arreglaran los papeles rápido y tendréis un buen sueldo, solo tendréis que hacer algún trabajito extra de vez en cuando y ya está.

Claudiu miró a Alex sonriendo pero su primo no sonreía en absoluto, sabía que no sería tan sencillo como parecía pero asintió de igual forma, intuía que aquello les costaría caro tarde o temprano. Alin escribió algo en un trocito de papel y se lo pasó a ellos.

—Esta es la dirección, os verá a eso de las once así que tenemos tiempo de tomar un café y probaréis los mejores pasteles rumanos que hayáis comido nunca. Os indicaré cómo llegar hasta allí, tendréis que iros acostumbrando a manejaros por Madrid vosotros solos.

Se levantó indicándoles a ellos que permanecieran sentados. Abrió la puerta y le pidió a uno de los chicos que les trajera café y bollos recién horneados. Parecía satisfecho y de repente a Alex le asaltó una tremenda duda, no sabía si Alin estaba contento por haberles solucionado la situación o tal vez era porque ganaba algo con todo aquello. Inmediatamente se sintió avergonzado de pensar de ese modo de su amigo pero había algo en todo el asunto que no le terminaba de convencer aunque seguramente eran imaginaciones suyas. Espantó aquellos pensamientos de su cabeza y se limitó a dejarse llevar, tal vez dentro de tres años estarían ellos sentados al igual que Alin en el despacho de su propio negocio.

CAPITULO XV

El secuestro

La noche del lunes no paró de llover, comenzó a eso de las diez y no había cesado en ningún momento. Nicolae casi no pegó ojo, aunque sus compañeros tampoco tuvieron más suerte, se habían reunido los tres alrededor de la mesa de la cocina aunque apenas probaron bocado alguno. No estaban desde luego de buen humor, comentaron los detalles del golpe que llevarían a cabo al día siguiente por última vez. Alex y Claudiu conducirían a eso de las cinco hacia un lugar de la carretera de Barcelona, un polígono industrial cercano a Coslada en una calle muy poco transitada en la que encontrarían aparcado el todo terreno. Dos tipos les esperarían para entregarles las llaves y darles las últimas indicaciones asegurándose de que todo marchaba según lo previsto, Viorel no quería ningún arrepentimiento de última hora. A veces no entendían porqué les había escogido precisamente a ellos para un trabajo en el que las ganancias parecían lo suficientemente sustanciosas como para arriesgarse con gente que no era precisamente profesional. Debería haber elegido a algunos de sus hombres.

Nico saldría más tarde para llegar a su cita con la muchacha. Cuando la tuvieran secuestrada en el coche recibirían la llamada que realizaría su marido una vez que su compañero le hubiera contado que tendría que colaborar con aquellos hombres y que nada le ocurriría a su mujercita si hacía todo lo que él le indicaba. Nicolae atendería el teléfono confirmando que todo lo que su compañero le contaba era cierto y que más le valdría colaborar con ellos si quería que el día terminara felizmente. Si todo salía tal y como lo tenían programado al mediodía podría volver tranquilamente a su casa y olvidarse de todo aquel turbio asunto.

No había amanecido todavía cuando abandonó la casa después de que lo hicieran Alex y Claudiu. Llovía con rabia, una lluvia intensa que no parecía tener intención de cesar. Realizó el mismo camino que hiciera el día anterior y se encontró de nuevo enfrente del portal de la Avenida de Rafael Alberti esperando bajo su paraguas negro a que la chica apareciese, algo que sucedió al cabo de unos veinte minutos. La siguió con pasos firmes y sistemáticos, había cambiado el chip de su cabeza, ahora necesitaba sacar de su interior a la persona fría y dura que en ocasiones se había visto obligado a ser para salir adelante. Ya no era Nicolae, el chico amable y trabajador. Ahora era un tipo totalmente diferente, dispuesto a llevar a cabo aquel plan hasta el final para poder seguir con su vida en este país y conseguir al fin ubicarse , tener un hogar, dinero y un modo de vida que le había sido negado en su país de origen.

Tomó café de nuevo en el mismo bar que lo hizo la muchacha para después seguirla en su camino hacia la parada del metro. Esperó pacientemente los minutos de rigor hasta que llegó el vagón y montó con ella en el mismo situándose a uno de los lados. Le llamó la atención que no llevara consigo la novela que leía el día anterior, parecía diferente, estaba atenta a las paradas en vez de sumergirse en la lectura. Aquello le puso sobre aviso, algo no iba según lo previsto, su instinto especial que nunca le había fallado en otras ocasiones le mantuvo alerta. Nada más pasar la parada de Tirso de Molina, Silvia se preparó, colocándose cerca de la salida, iba a bajarse en la siguiente, en Sol. No era lo previsto, miró su móvil, no tenía cobertura allí dentro así es que no podía informar de nada. Se colocó también al lado de la puerta abriéndose paso entre la gente, ahora corría el peligro de perderla y su corazón comenzó a acelerarse. Sabía que a la hora prevista debían de tenerla en su poder si no querían que hablara con su marido cuando éste la llamara y pudiera ponerla sobre aviso, si eso ocurría podría echar a perder todo el plan.

Silvia bajó efectivamente en Sol y se dirigió a tomar la línea dos en dirección a Ventas. Nico seguía sin cobertura, la siguió más estrechamente temiendo perderla. Miraba a su alrededor y respiró agitado al llegar al andén en que ella se detuvo esperando el tren cuando vio al tipo de Viorel que caminaba abiertamente hasta ponerse a su altura. No tuvo ningún reparo en saludarle directamente, hablaban en rumano por lo que no era muy probable que nadie les entendiera aunque lo hacían en voz baja por si acaso.

—¿Qué mierdas está haciendo?

Nicolae alzó sus hombros en señal de no tener ni idea.

—¿Y yo qué sé?, no tengo cobertura en el móvil y no he podido informar a Radu del tema. Esto nos descuadra ¿no es así?, no llegaremos a tiempo, no sé qué demonios está haciendo.

—No te preocupes por eso.

Separó el pelo de uno de sus oídos y Nico pudo ver un pinganillo en él.

—Yo tengo contacto directo con Radu, en estos momentos ha cambiado su rumbo y nos sigue haciendo las mismas paradas de esta línea.

Nicolae se relajó un poco, estaba claro que tenían todo previsto. No estaban dispuestos a poner en peligro su plan, esa gente estaba preparada para cualquier eventualidad.

—Ahora iremos los dos juntos, sin separarnos, no nos arriesgaremos más, ¿de acuerdo? Yo te daré las instrucciones directamente, va a ser más difícil ahora porque a los posibles lugares adonde se dirige son calles llenas de gente a estas horas. Tendremos que actuar deprisa si queremos cogerla sin que nadie se interponga ni eche a perder nuestros planes.

El tren llegó y ambos entraron en el mismo vagón en el que lo hizo Silvia. Pasaron las estaciones mientras aquel tipo iba diciéndoselas a Radu a través del pinganillo: Sevilla, Banco de España, Retiro. En Príncipe de Vergara ella comenzó a prepararse.

—Bajará en Goya.

Nicolae se dispuso para salir junto a aquel tipo. Ambos descendieron del vagón detrás de la chica y la siguieron a la salida a una distancia prudencial mientras el otro iba dirigiendo a Radu que ya se encontraba en plena calle de Goya esperando que le dirigieran a la boca de metro por la que saldrían. Al alcanzar la calle vieron a Silvia dirigirse deprisa a una cafetería que se hallaba unos metros más adelante y entrar en ella. Se pararon en la cristalera de fuera y la vieron encaminarse hacia una de las mesas en las que otra chica se levantó al verla y la besó efusivamente, el rostro de Nico palideció de repente, no era posible, no podía ser. Aquella chica que esperaba a Silvia no era otra que Elena, su Elena, el corazón le dio un inesperado vuelco, ahora sí que estaba perdido. El tipo se volvió hacia él y se dio cuenta de que algo pasaba.

—Tenemos treinta minutos para meterla en el coche. Si no es así y no llevamos a cabo el plan vete despidiendo de tu vida porque te aseguro que Viorel te arrancará la piel a tiras y te echará de comer a los perros.

Nicolae era incapaz de pensar, por muchas amenazas que le hiciera aquel hombre no reaccionaba. Su mente no era capaz de asimilar aquello. ¿Qué demonios tenía que ver Silvia con Elena?

—Pero, ¿qué diablos te pasa? Te advierto que Viorel te matará si no consigue hoy ese botín.

—Conozco a la otra chica y ella me conoce a mí.

El rostro del tipo cambió dos veces, al principio denotó sorpresa pero inmediatamente esbozó una sonrisa.

—¡Vaya, vaya! Eres todo un donjuán. Entonces va a ser más sencillo.

Nico le miró adivinando su pensamiento, quería utilizarle para subirlas al coche.

—No creo que sea una buena idea.

—Tranquilo chico, no creo que esa muñeca valga más la pena que tu vida ¿no crees? Una zorra rica como esa no tendría por novio a ningún tipejo como tú ¿no es así? Como mucho considero que te la habrás tirado unas cuantas veces, a esas tías les gustan los tipos como nosotros para echar un polvo de vez en cuando. Un joven atractivo y fuerte como tú suele tener mucho éxito con mujeres de ese estilo aquí en España, ¿no lo sabías?

Aquel individuo sabía las palabras justas a utilizar para convencerle. Era lo mismo que él había pensado desde que saliera con ella, nunca le querría para nada más, era solo una aventura lo que habían vivido, solo eso, el tipo seguía presionándole.

—El reloj corre amigo mío y nosotros tenemos un trabajo qué realizar, entra ahí y convéncelas para que se monten en el coche con nosotros, utiliza tu imaginación. No me importa lo que le digas pero consigue que entren contigo y con Radu, yo lo haré en cuanto ellas se hayan subido y entre los dos las reduciremos con el cloroformo. Te aseguro que no sufrirán daño alguno y además tú estarás allí para asegurarte de ello, quién sabe, a lo mejor en la casa consigues echar otro polvo si a la tía la excita un momento así.

Nicolae sintió asco con las palabras sucias de aquel tipejo. El no era así, no haría nada con ella, ni permitiría que nadie la tocara, pero sabía que no le quedaba otra opción. Aquellos personajes hablaban en serio y además lo peor de todo era que si él no colaboraba lo harían ellos a su manera y sería peor. Entonces sí que correrían peligro, prefería hacer lo que le decía y al menos proteger a aquellas dos mujeres que dejarlas en manos de Radu y su compinche.

—No te preocupes, haré lo que me dices, conseguiré que monten en el coche, te lo aseguro. Dile a Radu que coloque el auto justo delante de la puerta.

Se dirigió a la entrada de la cafetería y entró con aire despistado. Elena, sentada de frente a la barra no tardó en verle, sintió un escalofrío que le recorría la espina dorsal. Había quedado con su prima para hacer algunas compras, la había llamado la noche anterior y la pidió que se tomara el día libre para verse. Estaba deseando contarle su aventura con el chico rumano y la había convencido. Silvia había llamado entonces a una de sus compañeras para indicarle que no acudiría a la oficina alegando que tenía una visita con el médico para encontrarse con ella. No solía hacer cosas así pero tenía la suficiente confianza con sus jefes para poder hacerlo sin necesidad de tener que presentar después ningún parte médico y más ahora que sabían que se encontraba embarazada. Elena se había sentido mal sin tener ninguna noticia de Nicolae en todo el lunes y necesitaba hablar con alguien. Su prima era la más indicada para ello, la conocía y quería lo suficiente para no echarle la bronca. Al fin y al cabo Silvia se había casado con un chico que no ganaba demasiado así es que entendería que ella se hubiera enamorado de un extranjero, obrero de profesión y que compartía piso con otros dos compatriotas, Silvia siempre había sido una sentimental.

Ahora no podía creer que el chico del que estaba poniendo al día a su mejor amiga hubiera aparecido en la misma cafetería que había escogido para verse con ella. Se levantó como un resorte de la silla.

—Es él, es Nicolae.

Su prima se volvió hacia la barra y le vio al tiempo que Elena se dirigía hacia un muchacho que parecía perdido tratando de preguntar al camarero a través de la gente.

—¿Nico?

Nicolae se volvió hacia ella simulando asombro.

—¡Vaya!

Elena iba a darle dos besos. No sabía cómo actuar después de que él no hubiera dado señales de vida al día siguiente de la apasionada tarde que pasaron en su piso, pero Nico se adelantó hacia ella, la agarró por la cintura y la besó en los labios con inesperado deseo haciendo que ella le abrazara y se sintiera mejor. Sabía que tenía que actuar deprisa y convencerla de que montaran en el auto.

—¿Qué haces aquí?

—Mi compañero y yo nos hemos perdido, me está esperando en el coche para ir a una calle a ver a un tipo que quiere que le hagamos un trabajo pero no somos capaces de dar con ella. ¿Y tú?, ¿estás sola?

—No, ven que te presente a mi prima, había quedado con ella para desayunar.

Le dirigió a la mesa donde les presentó, Silvia le dio dos besos mientras le observaba con detenimiento. Desde luego, su prima no había exagerado en absoluto, era un chico muy atlético y atractivo.

—Escuchad, siento no poder quedarme pero mi compañero me espera en el coche en doble fila y…

Observó a Elena y puso una de sus caras más dulces.

—A no ser que os apetezca hacer de guías. Solo necesitaremos unos minutos para hablar con ese hombre del trabajo y luego podríamos tomar algo. Así tendríamos más tiempo para estar juntos.

Silvia no parecía muy segura.

—Bueno, tú puedes acompañarles si quieres, yo debería de irme a trabajar y…

Se calló de pronto al ver el rostro de su compañera, parecía rogarle con la mirada que fuera con ella. Sabía que aquello era importante para Elena, de no ser así no la habría llamado la noche anterior ni habría puesto tanto empeño en verla aquella mañana. Además ya había avisado que no iría en todo el día a la oficina, sería interesante conocer más a fondo a aquel que le había hecho perder la cabeza a su prima de aquel modo.

—Está bien, está bien, os acompañaré.

Nicolae terminó de convencerla.

—Te aseguro que será un placer gozar de tan buena compañía.

Silvia le sonrió, desde luego parecía un chico encantador y muy educado, tal y como le había contado, no le extrañaba que la hubiera seducido. Nico se apresuró a separarle la silla para facilitar que se levantara de su sitio mientras se empeñaba en invitarlas pagando al camarero. Salieron los tres por la puerta y las condujo al automóvil en el que Radu esperaba impaciente, abrió la puerta de atrás para que entraran las dos jóvenes y se sentó a su lado mientras las presentaba al conductor como su chófer en vez de decir su nombre. Sabía que ellos no querían que tuvieran demasiada información, a Silvia aquél no le gustó tanto como lo había hecho Nico, no volvió su rostro hacia ellas y se había colocado una gorra con visera de forma que no pudieran verle con claridad. Quizás fue el modo de esconder su cara lo que la hizo temer lo peor pero fue demasiado tarde, su puerta se abrió y otro tipo, que llevaba un pasamontañas negro, se introdujo en el coche casi de un salto mientras Radu arrancaba dirigiéndose a gran velocidad por la calle Goya,

—Pero ¿qué es todo esto?

Elena le miraba con ojos asustados e incrédulos mientras Silvia comenzaba a chillar y a revolverse. Recibió un bofetón de manos del que se encontraba a su lado mientras que Nico colocaba sobre la boca de Elena el pañuelo impregnado con cloroformo que Radu le había pasado desde delante. Tenía su cuerpo prácticamente encima del de ella abrazándola fuertemente por lo que apenas podía moverse. A su vez el tipejo trataba de reducir a la prima que no paraba de patalear y removerse, recibió un puñetazo en plena cara que la dejó inconsciente.

—No le hagas daño, no es necesario todo eso.

Nicolae le gritaba desde su asiento, Elena ya estaba inconsciente sobre el respaldo del automóvil con las ventanillas tintadas. El otro se quitó el pasamontañas y le miró sonriendo.

—¡Vaya! Me has sorprendido pequeño, lo has hecho realmente bien. Ahora mantente calladito y acabaremos con todo esto tranquilamente y nadie saldrá herido excepto el moratón que esta zorra tendrá en unas horas en la mejilla y el ojo, pero no te preocupes, en un par de semanas ya no le quedará nada, ningún rastro. Podrá volver a ver su bonito rostro en el espejo sin ninguna marca, siempre, claro está, que no me dé más problemas.

Sonó un móvil, era el de Silvia, el tipo abrió el bolso marrón de cremalleras y lo sacó, miró la pantalla y vio el nombre de Esteban en ella. Conocía que ese era el nombre de su marido y se lo pasó a Nico con sarcasmo.

—Justo a tiempo, es su maridito. Asegúrate de que entienda que todo esto no es ningún juego y que llegaremos hasta donde haga falta para que colabore con nosotros. Si lo hace, esta noche podrá dormir junto a su mujercita sin problemas pero si no es así, que se vaya despidiendo de ella.

Nico contestó con voz ronca y dura, estaba dispuesto a hacer su papel hasta el final aunque ya sabía que aquello no terminaría en absoluto como él había previsto en un principio. Deducía que el conocer a Elena le traería terribles consecuencias, ojalá hubiera reaccionado de otro modo y no se lo hubiera hecho saber a nadie, pero no había podido ser de otra forma. Ya estaba hecho y no tenía vuelta atrás, ahora todo su interés radicaba en tratar de que ni ella ni su prima sufrieran ningún daño aparte del puñetazo recibido.

Mientras explicaba la situación al horrorizado marido observó que la respiración de Elena fuera normal y colgó. Echó una ojeada al otro tipo que, con aspecto tranquilo, sacó de uno de sus bolsillos una bolsita de polvos blancos que Nicolae reconoció al instante. Le ofreció pero él rehusó negando con la cabeza.

—Tú te lo pierdes, ahora procura tranquilizarte y todo irá como la seda.

Escuchó cómo aquel esnifaba la cocaína pero sus ojos ya se habían perdido en el horizonte mirando a través de la ventanilla del coche, que ya había enfilado la carretera de Barcelona en dirección a algún pueblo perdido del que aún desconocía el nombre.

CAPITULO XVI

El asalto

Cuando colgó el teléfono Esteban ocultó su rostro entre las manos y empezó a sollozar. Primero lo hizo silenciosamente pero de pronto comenzó a chillar como un loco y atacó a Carlos pegándole puñetazos haciendo que éste diera un par de bandazos con el furgón antes de que pudiera contenerle.

—¡Hijo de puta! ¡Te voy a matar desgraciado!

Carlos aminoró la velocidad y le gritó a su vez.

—No pasará nada, te lo juro. Solo tienes que hacer lo que yo te diga y todo saldrá bien.

Esteban volvió a ocultar la cara desencajada entre sus manos.

—Sabes que está embarazada, si algo la pasara yo…

—No la tocarán, lo siento de verdad. Ojalá no te hubieran puesto hoy para acompañarme, ojalá hubiera sido cualquier otro. Escucha, yo te quiero mucho, eres mi amigo.

—¿Tu amigo?, no lo dirás en serio ¿no?, ¿Cómo has podido hacer algo semejante?

—Sé que no le ocurrirá nada malo, solo quieren estar seguros de que colaborarás, sólo eso. Ellos no se mancharán las manos de sangre, te lo aseguro, solo desean un golpe limpio.

—¿Tanto te han prometido para venderte?

—Fui yo quién les ofrecí el trabajo. Escucha, tengo cuarenta y cinco años, me he pasado la vida trabajando como un cabrón y no puedo ofrecerle a mi hijo todo lo que se merece. Es por él por quién hago todo esto, no te pido que lo comprendas, cuando todo termine puedes odiarme cuanto quieras pero yo lo necesito.

—¿No pudiste contármelo?, ¿qué clase de amigo eres?, ¡Dios mío! Si algo le ocurre a Silvia, yo… te aseguro que te mataré con mis propias manos.

—Y yo te dejaré que lo hagas si eso pasa pero te aseguro que nada irá mal. Ahora solo tienes que calmarte y todo acabará en unas horas, déjame hacer a mí ¿de acuerdo? Llamaré a la central, les comunicaré la ruta y diré que todo va bien. Tú solo tienes que permanecer ahí sentado y seguir mis instrucciones, nadie le hará daño, te lo juro.

Carlos habló por la emisora mientras Esteban permanecía como ido, no podía creer que su amigo le estuviera haciendo algo semejante. Le daba igual colaborar con aquellos tipos, que se llevaran todo lo que contenía la furgoneta, lo único que deseaba era recuperar a su mujer sana y salva, tenía claro que no haría nada que pudiera ponerla en peligro. Carlos terminó la conversación y cortó la comunicación, enfiló entonces la calle en la que le habían dicho se produciría el asalto. Aún a sabiendas de que sería allí apenas tuvo tiempo de ver el todo terreno cuando ya les había abordado por un lateral. Alex le encañonó desde su ventanilla mientras Claudiu saltó del coche para abrir rápidamente la puerta de Esteban y apuntarle amenazadoramente, ambos llevaban la cara cubierta con pasamontañas negros y se movían con agilidad.

 Les hicieron bajar del furgón, les desarmaron y metieron en la parte trasera del todo terreno en segundos. Esteban no pudo más.

—¡Por favor no hagáis daño a mi mujer!, ya tenéis lo que queréis.

Alex sintió lástima del muchacho pero sabía que no podían permitirse dar signos de debilidad ni nada por el estilo. Le dio un culatazo con el arma.

—¡Cállate!

Tampoco quería decir frases demasiado largas que pudieran hacer que alguno de aquellos reconociera su voz si es que se daba el caso. Esteban quedó inconsciente del golpe y Claudiu aprovechó para terminar de maniatarle y amordazarle impidiendo así que siguiera hablando.

Más tarde hicieron lo mismo con Carlos, este había solicitado que le golpearan para hacer más creíble todo aquello así es que le propinaron dos puñetazos rematados de un culatazo fuerte que le dejó en el mismo estado que a su amigo y compañero. Después, siguiendo el plan trazado dejaron el todo terreno aparcado en la cuneta mientras se largaban con el furgón, se quitaron los pasamontañas y condujeron hasta la nave en donde desaparecieron.

Lo habían hecho todo dentro del tiempo estipulado, ahora solo tendrían que salir de allí en uno de los taxis que les llevaría hasta su coche y el trabajo estaría acabado. No había ido nada mal, uno de los hombres que se encontraba en la nave se dirigió hacia ellos con cara de pocos amigos.

—Ha habido un cambio de planes. A vuestro compañero le han surgido algunos imprevistos que hemos tenido que corregir sobre la marcha. Ahora Viorel quiere veros, el taxi os llevará con él. Echad aquí las armas, los guantes, pasamontañas y móviles que se os dieron.

Abrió una bolsa negra y ellos introdujeron en ella lo indicado.

—Nos encargaremos de deshacernos de todo, no os preocupéis. Os llevarán con él.

Alex y Claudiu miraron hacia el tipo que les señalaba, era un hombre bajito y muy fuerte, su piel era blanca como la nieve, se miraron el uno al otro. Aquello no tenía buen aspecto, ¿qué problemas le habrían surgido a Nico?, se montaron en la parte de atrás del taxi y salieron tranquilamente de la nave como si allí no hubiera pasado nada mientras con ellos lo hacían otros dos taxis ya dispuestos con sus ficticios pasajeros hacia su destino en Barcelona. Quedaban dentro otros tres que estaban siendo preparados y que partirían en los próximos minutos.

—¿Qué es lo que ha ido mal?

Alex observaba al conductor mientras conducía, aquel ni siquiera se inmutó con la pregunta. Estaba claro que no les iba a decir nada, solo tenía órdenes que cumplía al pie de la letra. Entraron en la A2 con dirección a Madrid y tomó la salida de Arturo Soria, continuó durante un buen tramo hasta que giró a la derecha. Claudiu leyó el nombre de la calle: Serrano Galvache y después torcieron de nuevo a la izquierda por la calle Bausa. Continuó por ella hasta llegar al garaje de un edificio nuevo del número seis en el que abrió el portón con el mando que llevaba y metió el coche hasta dentro aparcando en una de las plazas. Descendió del coche y los dos primos hicieron lo propio, sin mediar palabra le siguieron hasta el ascensor en el que subieron al primer piso. Se dirigió a la izquierda en el pasillo y se detuvo delante de la puerta haciendo sonar el timbre, un hombre abrió y les hizo pasar. Se trataba de un apartamento pequeño, totalmente nuevo, había sido amueblado de manera ostentosa con muebles caros, demasiado recargado para un lugar tan reducido. El hombre les hizo sentar en el sillón mientras él hacía lo propio, esperaron unos minutos interminables en silencio hasta que la puerta de lo que suponían era el dormitorio se abrió y Viorel apareció en escena. Parecía satisfecho, probablemente ya le habían comunicado que los taxis estaban en marcha. Llevaba un largo batín de seda oscuro ligeramente abierto, dejando entrever su pecho desnudo, un pecho tan blanco como su rostro y sin un solo pelo en él, con unos abdominales marcados y un pectoral fuerte, semejante al de un boxeador. Vestía unos pantalones amplios de pijama caro de seda rojo, les sonrió mientras tomaba asiento.

—¿Qué clase de anfitriones sois?, ni siquiera les habéis ofrecido una copa a estos chicos que tan bien lo han hecho.

El hombre que les había abierto la puerta se levantó y cogió una botella de un mueble bar que había enfrente, sacó cuatro vasos y lo dejó todo encima de la mesa de mármol que había en el centro sobre una alfombra de piel de tigre. Viorel echó un poco de aquel aguardiente en cada uno de ellos y les invitó a brindar.

—Por un trabajo bien hecho.

Todos levantaron los vasos y bebieron el líquido de un trago, Viorel volvió a llenarlos pero esta vez sin brindis.

—Vuestro amigo ha tenido problemas con su parte.

—Algo nos han comentado pero nadie nos ha dicho de que se trata.

Alex le miró con precaución, hasta que no supieran qué tipo de problemas había tenido Nico, no podría evaluar la situación con claridad.

—Nada preocupante para nosotros, la verdad, aunque sí que lo es para él.

Observó a Claudiu, sabía que su primo tenía debilidad por aquel chico. Le quería mucho y se consideraba su protector, no le gustaría que nada le ocurriera.

—Al parecer la chica cambió la ruta que debía de seguir como cada día para ir a trabajar y en vez de eso la muy estúpida se encontró con su prima en una cafetería de la calle Goya. Hubo que cambiar el plan pero consiguieron montarlas a las dos en el coche y ahora están camino de la casa.

—¿Y entonces? El único problema existente es que son dos en vez de una, ¿a eso te refieres?

Alex no entendía porque tanto revuelo si todo había salido según lo planeado, aunque hubiera habido algún cambio de última hora.

—Bueno, al parecer vuestro amigo conoce a la prima de la chica. Usamos eso para que las convenciera y se montaran en el coche en plena calle Goya, llena de gente por todas partes, por lo que ahora esa mujer sabe quién ha sido su raptor y eso nos pone en una situación demasiado… ¿cómo decirlo?, ¿peligrosa?. Sí, creo que esa es la palabra adecuada.

El joven palideció, sabía lo que quería decir con aquello, tipos como ellos nunca dejaban cabos sueltos, ahora los tres corrían riesgo aunque Nico más que nadie. Intuía que Viorel se desharía de él pero trató de mantener la calma.

—No veo por qué, yo me encargaré de hablarle, no tendrás que preocuparte de nada. Haremos que desaparezca durante una larga temporada y todo solucionado.

Viorel le observó, demostraba ser muy valiente tratando de salvar el culo de su amigo.

—El caso es que soy yo quién no quiere perderle de vista. Al parecer ha demostrado ser bastante blando con esa chica, no querría que nuestro Romeo sintiera la necesidad de explicarle los detalles ni nada por el estilo y para asegurarme bien tampoco puedo dejaros a vosotros dos marchar tranquilamente. Lo siento, os aseguro que no sucederá nada si todo va bien, pero ahora os llevarán junto a Alin. Os alojaréis en su casa y os quedaréis allí hasta nueva orden.

Claudiu miró a Alex, no parecía algo preocupante, entonces ¿por qué su primo parecía tan nervioso?

—Debemos volver al trabajo mañana, si no lo hacemos tendremos problemas.

Viorel puso su mano sobre el hombro de Alex mirándole desafiante a los ojos.

—No creo que puedas llamar problemas a eso, los problemas os surgirán si alguno de vosotros me la juega.

Retiró la mano y la frotó con la otra simulando querer limpiarla de algo invisible que pudiera contagiarle aquel mortal.

—Y ahora largaos, no deseo seguir esta conversación, tengo muchos temas de los que ocuparme. Si todo va bien os dejaré en paz tal y como os prometí. Alin ya está al corriente de todo y se ocupará de vosotros.

Se levantó dando por terminada la reunión y desapareció por la misma puerta por la que había aparecido cerrándola de golpe. El hombre que les había traído en el taxi les invitó a seguirle con gestos, no hablaba y pronto averiguaron porqué. El tipo que les abriera al llegar se dirigió a ellos riendo mientras les acompañaba a la salida.

—Andrei es hombre de pocas palabras ¿verdad chicos? Viorel mandó que le cortaran la lengua cuando se le ocurrió hablar demasiado en cierta ocasión ¿no es así Andrei? Anda, enséñales a estos muchachos el buen trabajo que te hicimos.

El aludido abrió entonces por primera vez su boca y enseñó el trozo que le habían dejado. Alex apartó la vista de aquello mientras Claudiu observaba con horror aquella masa informe.

—Así se convirtió en uno de sus perros más fieles ¿sabéis? Pudo haberle matado pero no lo hizo, le perdonó la vida hace ahora unos seis años y Andrei se sintió agradecido por aquello.

—Qué bien.

A Claudiu le parecía increíble que alguien pudiera sentir agradecimiento a la persona que le había hecho una crueldad así.

—Bueno, dicho de esa manera parece brutal pero es que el pecado que cometió fue muy grave. Le denunció a la policía y pasó seis meses en la cárcel hasta que su abogado consiguió sacarle bajo fianza. Os aseguro que a otro le hubiera despellejado pero no a él ¿verdad? Al fin y al cabo son hermanos y Viorel le juró a su madre antes de salir de Rumania que cuidaría de su pequeño.

Andrei esbozó una leve sonrisa, Alex no quería ni pensar en lo que les haría a ellos en caso de que algo saliera mal. Si era capaz de mandar arrancar la lengua de su propio hermano ellos acabarían en un cubo de basura. Sabían en donde se metían cuando comenzaron el trabajo pero siempre pensaron salir airosos, vio que su primo se iba a venir abajo y se apresuró a seguirle la broma a aquel individuo tan grande que parecía un gigante. Sabía que les estaba contando todo aquello con la idea de meterles el miedo en el cuerpo.

—Bueno, entonces fue solo un leve castigo por su imprudencia. Yo no sé la habría mandado arrancar, lo hubiera hecho yo mismo.

El otro le miró divertido, tenía agallas aquel chico. Había abierto la puerta y ya los tres se encontraban fuera mientras el más grande seguí en el interior.

—¿Has entendido eso? No fue así, mandó que le sujetaran porque le había jurado a su madre que jamás le pondría una mano encima. Hizo que le abrieran la boca y le sacaran la lengua, entonces le besó con ternura y se la arrancó de un mordisco.

Cerró la puerta tras de sí no sin antes cerciorarse de la cara de terror que puso Claudiu mientras que Alex trataba de disimular su repulsión. Siguieron a Andrei de nuevo hasta el garaje y montaron tras él en el coche. Apenas pronunciaron palabra alguna, imaginaban la escena que aquel gigante acababa de describirles tan gráficamente y fueron conscientes de que su situación era realmente delicada, todo dependía de Nicolae o quizás no, Alex se dio cuenta de que no todo era como parecía, tal vez Viorel les había utilizado para sus fines y ahora le servirían de cabeza de turco. Recordó las dudas que le surgieron cuando su amigo Alin les puso en contacto con él. ¿Les traicionaría su amigo?, estaba claro que no solo había trabajado en un principio para aquel hombre sin escrúpulos puesto que ahora les llevaban a su casa para que ejerciera como una especie de carcelero aunque no tenían intención de escapar, aquellos tipos les encontrarían fácilmente. Solo les quedaba esperar a ver qué pasaba aunque no quería transmitirle sus miedos a su primo, que parecía hundido en el asiento. "Piensa" se decía a sí mismo, todo era una locura. Ellos habían hecho su trabajo y Viorel se haría rico, sería injusto que no cumpliera su parte del trato tal y como les prometió. Sabía que Nico lo tenía peor aún y no quería pensar en cuál sería su suerte. Miró su reloj, eran cerca de las tres de la tarde y el taxi ya estaba llegando a la Avenida de Manzanares, pero no se dirigía hacia el piso de Alin sino a la tienda que él mismo les había enseñado hacía ya más de un año, la tienda en cuyo despacho se sentaron entonces para tomar café con bollos recién hechos y en la que les propuso llamar a Viorel para que éste les ayudara.

CAPITULO XVII

La casa de Horche

Habían conducido hasta Guadalajara, seguidamente se desviaron a la derecha por una carretera y Radu continuó hasta llegar a un pueblo llamado Horche. Nicolae iba mirando por la ventanilla tratando de recordar la ruta y leyendo los carteles de todos los pueblos por los que pasaban, sabía que su situación había cambiado y que quizás le hiciera falta toda aquella información si quería salir con vida de allí y salvar a las dos mujeres que seguían durmiendo plácidamente, totalmente ajenas a todo.

Silvia se había espabilado un poco durante el trayecto pero enseguida el tipo de la derecha le había colocado el pañuelo impregnado con cloroformo lo que le había sumido a ella de nuevo en un sueño profundo.

Atravesó el pueblo y se dirigió a las afueras, el coche se detuvo ante un portón grande de hierro. Radu se bajó y lo abrió para cerrarlo después de atravesarlo el coche, enfilaron un camino asfaltado. Alrededor se extendía un amplio campo descuidado lleno de árboles y maleza tupida que apenas dejaba ver al otro lado, desde luego habían escogido la casa ideal.

Cuando al fin se detuvo el vehículo delante de la entrada pudo ver el antiguo caserón de piedra, debía de situarse en el centro de un terreno de unos diez o doce mil metros cuadrados, no había ni un alma alrededor. Sacaron a las dos jóvenes del coche y las metieron en la casa, Radu iba delante con Silvia en brazos mientras Nico le seguía llevando a Elena y seguido a su vez de cerca por el otro tipo. Bajaron por unas escaleras hasta una especie de sótano-despensa, hacía frío y estaba oscuro.

Radu abrió una portezuela y dio a un interruptor que se encontraba en la pared de la derecha. Una bombilla lució con luz tenue en el techo de lo que parecía una habitación improvisada, allí había un catre sobre el que reposaban dos mantas dobladas y una almohada.

Una silla de madera, una palancana que supuso estaba allí a modo de orinal y una vela sobre un plato de hojalata completaba el mobiliario de aquel cuartucho. Radu dejó a Silvia sobre la cama mientras Nico seguía con Elena en los brazos.

—Bajaremos otra cama de arriba para la otra.

Dicho esto desapareció junto al otro dejándole allí de pie, probó a sentarse en la silla de madera en la que se acomodó como pudo para no dejar caer a la chica. La miró y suspiró con angustia, también había sido casualidad que fuera su prima, ¿por qué le tenía que pasar una cosa así?, ¿qué posibilidad había en el mundo para que conociera precisamente a la mujer que horas después resultaría ser familia de la persona que tenía que raptar para asegurar que su marido colaborara en un robo? Aquello era de locos, ni siquiera a propósito hubiera dado con aquella muchacha, y sin embargo el destino la había cruzado en su camino. Elena pareció removerse incómoda, el efecto del cloroformo ya debía de estar a punto de acabarse. Radu apareció junto con el otro tipo cargando otro catre y un colchón, se dio cuenta de que ella se movía.

—Tendrás que ponerle una inyección de esas ampollas que te entregaron en la bolsa. Eso la mantendrá dormida todo el tiempo y será más sencillo.

Nicolae no quería tener que ponerle nada de aquello pero no se sentía con fuerzas para enfrentarse a ella. Prefería mantenerla dormida, como si estuviera soñando. La depositó sobre la cama y subió al coche a por la bolsa, buscó los bolsos que las dos chicas llevaban cuando se montaron, los móviles de ellas estarían dentro, sería bueno tenerlos a mano pero habían desaparecido. Seguramente aquel tipejo los había cogido, bajó de nuevo las escaleras hacia aquella especie de zulo.

—No sé qué demonios es esto.

Radu le miró.

—¿Y qué más da?, la mantendrá dormida. Es lo único que te importa.

—No quiero darle nada de momento y menos si no sé lo que es, podría matarla.

La cubrió con una de las mantas, el otro se encogió de hombros, era problema de él si no quería suministrarle aquella inyección. Había tapado a Silvia, no parecía tan malo aquel Radu al fin y al cabo. El tipo al que tanto odiaba seguía sus movimientos con curiosidad y sonreía.

—Vaya, vaya. Igual que la Bella Durmiente. Realmente es muy guapa ¿no?, no me importaría hacerme cargo de ella durante un rato.

Nicolae se incorporó de golpe y le empujó contra la pared colocando su rostro muy cercano al de él.

—Si le tocas un pelo te mato.

El otro no pareció intimidado en absoluto. Parecía disfrutar con la escena y seguía sonriendo.

—¿Tú solito?

Radu se apresuró a separarles y Nico escuchó por primera vez el nombre de aquel individuo.

—Ya está bien Cosmin, no quiero problemas ¿de acuerdo? Te mantendrás alejado de ellas. Nico será quién se encargará de las dos hasta que nos llamen para darnos instrucciones, ¿entendido? Ese fue el plan inicial y así seguirá mientras no se nos diga lo contrario.

Cosmin se retiró de mala gana, parecía que Radu estaba por encima de él en el rango de mandos que siguieran aquellos hombres. Nicolae se sintió agradecido de contar con su apoyo aunque solo fuera de momento, eso le daría tiempo para pensar en lo que haría en las horas siguientes. Conservaba el móvil que le habían entregado para aquel trabajo, quizás podría ponerse en contacto con Claudiu para ver cómo iba todo. Ya le habían informado a Radu que el golpe había salido según lo planeado pero no sabía cómo estarían sus amigos ni donde, quizás podría encerrarse en el baño o salir a dar un paseo y llamarles. El no llevaba el suyo porque no quería llevar nada personal que pudiera incriminar a nadie más en caso de que le cogieran. Era algo que había aprendido, nada de móviles, ni agendas, ni siquiera documentación. Radu pareció adivinar sus pensamientos.

—Entrégame ahora el teléfono que te dí.

Tendió su mano hacia él con la palma hacia arriba.

—¿Podría antes llamar a mis amigos?, solo quiero saber cómo se encuentran.

—Ya te he dicho que todo ha salido bien, no hay por qué preocuparse. En cuanto nos llamen nos largaremos de aquí tranquilamente y todo habrá terminado, pero tengo órdenes de destruir los móviles usados estos días. Por favor, dame el tuyo.

Nicolae le miró atentamente, sabía que algo no marchaba pero no quería enfrentarse ahora y menos a Radu, quería seguir gozando de su ayuda en caso de que Cosmín volviera de nuevo a la carga. Sacó el móvil de su bolsillo y se lo entregó, este lo cogió, lo apagó poniéndolo a continuación en su bolsillo trasero.

—Buen chico, ahora procura descansar. Si ves que se despiertan te sugiero que les pongas una de esas inyecciones para que no se enteren de nada además, ya ves como es Cosmin de nervioso, no quiero tener que estar intermediando todo el tiempo si empiezan a causar problemas.

Salió del cuartito dejando la puerta abierta con la llave colgando de la cerradura, aquello dio algo de esperanza a Nico, al menos no les encerraban allí abajo. Le oyó subir por las escaleras y sus pisadas desaparecieron en algún lugar de la casa. Se sentó en la silla y trató de pensar, sabía que seguramente los planes habían cambiado ahora con aquel imprevisto de Elena. Probablemente alquien la echaría de menos, ella le dijo que había quedado con su prima para desayunar pero seguramente se dirigiría después al trabajo. Quizás ya habían dado la alerta al ver que no había aparecido, y también estaba su hijo, Pablo, aunque seguramente se quedaría a comer en la guardería hasta que su madre le recogiera por la tarde. Recordó que Viorel aseguró que recibirían una llamada y que entonces abandonarían la casa, le darían la dirección al marido de Silvia para que fuera a buscarla y se acabaría la pesadilla, pero ahora, analizando la situación le resultaba difícil pensar que todo fuese a ser de ese modo. En primer lugar seguramente las retendrían allí hasta que supieran que la mercancía había sido colocada con éxito para evitar que cualquier rastro dejado diera al traste con la operación y en segundo lugar…, bueno, el segundo lugar había cambiado ahora que sabían que él conocía a Elena. Era distinto con personas desconocidas, aunque seguramente Viorel le había utilizado porque sabía sobradamente que no tenía ningún antecedente policial. Cualquiera de sus compinches hubiera podido ser reconocido en caso de que la muchacha y su marido se echaran para atrás más tarde y le contaran todo el asunto a la policía, ellos buscarían las fichas de rumanos con antecedentes y le habrían mostrado fotos entre las que seguramente se encontrarían la mayoría de sus hombres. Nicolae comenzó a ponerse nervioso, quizás no solo les había utilizado por eso, sabía que aquel golpe era muy gordo, probablemente el cargamento sería de varios millones de euros, y sin embargo no lo habían realizado sus hombres, hombres expertos en atracos y extorsiones. Ellos se habían mantenido en segundo plano, ¿por qué?, una lucecita se le encendía con intermitencia en el cerebro y aunque deseaba apartarla no podía. Aquello no pintaba demasiado bien y ellos habían caído en la trampa creyendo a pies juntillas que quería utilizarles en este golpe porque necesitaba tres hombres más y que así saldarían su deuda y quedarían limpios, de eso nada, ahora lo veía claro, lo único que quería Viorel era utilizar a tres de los que pudiera deshacerse evitando así cualquier rastro posible. Recordó la gorra que se había colocado Radu en el coche para cubrir su rostro y el pasamontañas que Cosmin había usado durante el secuestro. Ahora sabía que no solo su destino había cambiado al reconocer a Elena sino que había sido desde un principio el mismo al igual que el de Alex y Claudiu y supo que iban a morir los tres aunque no entendía porque no les habían matado ya, quizás sus dos amigos ya lo estuvieran. Con las chicas era distinto, a ellas seguramente no les harían nada para evitar una mayor investigación por asesinato pero a él seguro que le harían desaparecer. Posiblemente ese Cosmin ya hubiera cavado una tumba en algún lugar de aquella finca en donde le enterrarían para siempre y serviría de alimento a las alimañas y gusanos. Nadie le echaría de menos, no se abriría ningún tipo de investigación por tres chicos rumanos desaparecidos en un país extranjero, nadie lo pediría y si se les incriminara en aquel robo de joyas no encontrarían nada porque a ellos se les habría tragado la tierra, nunca mejor dicho. Ahora tenía que pensar en cómo salir de allí con vida, pero si se escapaba, corría el riesgo de que las mataran a ellas para evitar males mayores, si se marchaba tendría que llevarlas con él. Miró hacia el catre donde Elena descansaba, tenía que despertarla sin hacer ruido y hacerle a ella entender todo aquello antes de que fuera demasiado tarde. Se alegró de no haberle suministrado aquella inyección, posiblemente el único motivo de mantenerle aún con vida era para que se ocupara de ellas, así sería la única cara que verían las chicas hasta que se produjera la llamada y ellos pudieran marcharse de la casa. Seguramente entonces le conducirían al bosque que rodeaba la casa y le pegarían un tiro para enterrarle después. Su mente era un verdadero torbellino, no sabía cómo pero tenía claro que no acabaría en un frío agujero lejos de su patria.

CAPITULO XVIII

Los pasadizos

Cuando al fin el taxi se detuvo ya eran casi las tres, el hombre sin lengua bajó y les guió al interior de la tienda que tenía la puerta abierta. Una vez hubieron entrado Andrei cerró ésta con llave y entonces escucharon la voz amable de Alin.

—¡Vaya muchachos, pasad al fondo, estoy en el despacho!

Andrei se quedó de pie junto a la puerta mientras ellos dos se adentraron atravesando el horno que ahora se encontraba vacío y entrando en el cuarto en el que les esperaba Alin.

—¿Qué es todo esto?

—¡Vaya!, yo también me alegro de veros.

Alex comenzaba a perder la paciencia, se dio cuenta de que había un tipo moreno y fuerte como un toro en el rincón derecho. Aquello corroboraba sus negros presentimientos.

—Sentaos amigos míos.

Vieron una botella de rachiu, el aguardiente de orujo de su tierra, encima de la mesa con tres vasos. Alin sirvió un poco a cada uno y se lo ofreció.

—Vamos, bebed, os aseguro que no lo he envenenado.

Bebió todo el contenido de un trago y dejó de nuevo el vaso sobre la mesa con un fuerte golpe.

— Alex, veo que desconfías.

—¿Y no debería?

—Siempre me caíste bien cuando trabajaste para mí en Sibiu, entonces eras tan solo un chiquillo asustado al que le colgaban los mocos, pero me parecías un tipo legal en el que se podía confiar.Cuando me llamaste que venías a España me alegré mucho, de verdad.

Claudiu les observaba en silencio, el agradecimiento que en su día había sentido por aquel hombre rechoncho se había tornado en miedo aunque no entendía muy bien lo que estaba pasando. Alex se volvió hacia él mirándole directamente a los ojos.

—Prepárate querido primo porque esta noche estaremos muertos los dos.

Ni siquiera fue capaz de reaccionar ante aquellas palabras, levantó el vaso que Alin le había servido y se lo tomó de un trago. Alex se lo volvió a llenar de nuevo y brindó con él.

—Ha sido todo un placer haber compartido contigo mi vida.

Alin se echó a reír, ya no le parecía a Claudiu tan amable como antes.

—Vamos, vamos Alex, no seas melodramático, no hagas un mundo de todo esto. Deja que tu primo disfrute de su bebida.

—Solo quiero conocer toda la verdad antes de que hagas lo que te hayan ordenado, al menos me debes eso.

—¿Ordenar?, a mí nadie me da órdenes, ¿aún no lo has entendido?, soy yo quién ordeno las cosas. Cuando me vine a España hace tres años lo hice porque los negocios de la familia funcionaban ya muy bien en este país, mis hermanos habían trabajado duro y nuestra red era tan grande que ya no era capaz de manejarla desde Rumania.Mi hermano Viorel siempre había ejercido de líder aunque yo siempre fui el cerebro de todos ellos, así es que decidí seguir dejando las cosas como estaban. Yo abrí esta tienda e inicié una nueva vida, me casé y tuve a mi hijo. ¿Sabes que incluso tengo amigos entre la policía de este país?, sí, yo les caigo bien ¿entiendes? Allí en Rumanía solía darte harina y pan e incluso pasaba por alto que me robaras del almacén, ¿creías que no lo sabía?, yo lo controlaba todo.

Alex sonrió.

—Me alegro de haberte robado. ¿Cómo puedes hacer esto con tu propia gente?

—¿No es lo mismo?, tú robabas a tu compatriota.

—Tenía una familia que mantener y tú tenías mucho.

—¿Y eso te exime de tu culpa?, podías habérmelo pedido ¿no? además yo no quería llegar a esto. Al principio, cuando llegasteis os ayudé limpiamente, solo quería que pudierais ganar dinero para salir adelante, de verdad, pero este golpe era demasiado goloso para dejarlo pasar. Necesitábamos hacerlo sin dejar ningún rastro y no podía utilizar a ninguno de mis hombres, para mí ellos son mi familia ¿comprendes?

—Y pensaste en nosotros, todo un detalle.

—Vamos, Alex, no lo pongas más difícil, te aseguro que ayudaré a los tuyos. Les enviaré dinero suficiente para que no tengan que preocuparse, si quieres incluso puedo traerles a España.

Claudiu seguía bebiendo, sabía en que terminaría aquello y prefería estar inconsciente por el alcohol cuando llegara su hora. Nunca le había importado la muerte, había convivido con ella en numerosas ocasiones y ahora que la tenía tan cerca casi le aliviaba.

—No quiero que les traigas aquí, déjales en paz, pero sí que me gustaría que les enviaras dinero. Sería muy generoso por tu parte.

—Tienes mi palabra de que lo haré, igual que a los tuyos Claudiu.

Claudiu le miró fijamente a los ojos, hablaba poco pero ahora sentía la necesidad de expresar lo que estaba en su mente y hacérselo saber a aquel tipejo por el que tanta estima había sentido cuando les acogió en su casa.

—Gracias Alin, ¿sabes? Cuando recogí a Alex en el aeropuerto y me enseñó aquel papelito con tu dirección y tu teléfono apuntado en él sentí que tú serías nuestra salvación y quizás lo seas. Sí, de verdad, cuando llegué a España y mis amigos me dieron la espalda dejándome en la calle entendí que no tenía ningún futuro, que mi vida se había quedado atrás, en Rumania y sin embargo tenía claro que no volvería jamás allí vivo, no sé por qué, pero lo sabía. Nuestro pueblo nunca se dejó dominar por ningún otro, siempre fuimos indomables y cuando salimos de nuestro mundo, de nuestra tierra, todos nos observan como si fuéramos despiadados y crueles. Son los tipos como tú y tu gente los que hacen que nos vean así, descubrí al venir que no podía tener una vida en mi país pero que tampoco podría tenerla aquí. Vi claramente que ya no tenía patria ni hogar aunque mi corazón seguirá siendo rumano hasta que muera que al parecer será hoy, pero te diré algo, el dinero que saques con todo este asunto te quemará las manos, tus noches serán eternas y tu hijo pagará con su sangre la sangre que vas a derramar hoy de los tuyos.

Alin bajó la cabeza mientras Claudiu brindaba con Alex y ambos bebían un último trago. Su primo se levantó de la silla mirándole con orgullo, luego miró a Alin desafiante.

—Acabemos con esto de una vez. Solo te pido que la misma ayuda que nos has prometido a nosotros para nuestras familias se la des también a Nicolae ya que imagino que correrá la misma suerte.

Alin no dijo nada, solamente hizo una señal al tipo grande y éste les guió por unas escaleras situadas al fondo del almacén. Les hizo bajar delante y se vieron en un entramado de túneles y cuevas que en su día parecían haber servido como bodega o algo así. Llegaron hasta el fondo, escucharon un ruido de agua y vieron una compuerta en el suelo con una rejilla, al asomarse comprobaron que se trataba de aguas subterráneas, el individuo les informó.

—Es el río Manzanares, tiene tramos subterráneos en esta zona.

Al menos ahora sabían en donde acabarían sus cuerpos, seguramente dentro de una bolsa y en el fondo de aquel foso. El matón colocó el silenciador en el arma que sacó del bolsillo de su cazadora.

—Será rápido, daos la vuelta.

Ambos lo hicieron mientras se cogían de la mano, no necesitaban palabras, los dos lo sabían todo el uno del otro. Habían compartido muchas vivencias durante el último año. Alex miró su reloj por última vez, pasaban ya de las tres y media, una hora como otra cualquiera para morir.

Cayeron al suelo casi al mismo tiempo y sus cuerpos quedaron unidos inertes. Su sangre fue formando un charco común, mientras que Alin cerraba los ojos sentado tras aquella mesa. Sabía en su interior que la maldición de Claudiu le perseguiría hasta el final de sus días.

CAPITULO XIX

Los inocentes

Elena abrió los ojos medio adormilada aún y vio aquella mirada que tanto le había deslumbrado reconociendo a Nico. Sintió la mano de él en su boca para mantenerla callada mientras con voz apenas audible trataba de indicarle que quería ayudarlas, que él no tenía nada que ver con aquellos tipos, que le habían obligado a hacerlo. Sus palabras se atropellaban en su mente y no sabía por qué pero le creía, creía todo lo que le decía. Asintió con la cabeza y Nico retiró la mano con sigilo, como ella no chillaba se echó hacia atrás para permitir que Elena se incorporara y se sentara en la cama. Le dolía la cabeza, miró de inmediato alrededor y vio a su prima tumbada sobre el otro catre.

—¿Se encuentra bien?

—Solo está dormida.

Miró a Nico directamente, seguro que sus amigos le hubieran prevenido de él si les hubiera contado que salía con un chico rumano pero su instinto no podía haberla engañado. Ella no había visto maldad en sus ojos, aunque siempre le habían contado que la gente de países como ese era fría y despiadada.

—¿Cómo has podido hacernos esto?

—Te lo explicaré más tarde, es una larga historia pero ahora no tenemos tiempo, tengo que conseguir sacaros de aquí.

—¿Pero qué demonios quieren?, ¿es dinero lo que buscan?

—No tiene nada que ver contigo, era a tu prima a la que tenían que coger, escogiste mal día para encontrarte con ella.

—¿Mi prima?, ¿Por qué ella?

—Para coaccionar a su marido que colaborara con ellos en un atraco, hoy iba en un furgón realizando un transporte de joyas y... oye, de verdad que si conseguimos salir de aquí te lo explicaré detenidamente pero no ahora. Estoy tratando de averiguar cómo hacerlo.

Se levantó y se acercó con sigilo hasta la escalera y escuchó atentamente. Se oía una radio y el murmullo de voces aunque no entendía claramente de lo que hablaban, seguramente Cosmin no se separaría de la puerta para evitar que nadie saliera. Volvió al lado de Elena.

—Escucha, creo que lo mejor será que suba junto a ellos, tendrás que hacerte la dormida y esperar. Yo trataré de reducirles y cuando lo haya conseguido volveré a por vosotras te lo prometo, pero ahora tendrás que confiar en mí. Tengo que cerrar con llave.

Elena sintió pánico, no le seducía demasiado la idea de verse encerrada en aquel cuartucho esperando a que bajase de nuevo. ¿Y si después no era él quién volvía si no que lo hacía alguno de los otros tipos? Nicolae se dio cuenta de su terror y la abrazó tiernamente.

—Mírame, te prometo que volveré a por vosotras, no te preocupes ¿vale? Yo te he metido en este lío y yo te sacaré de él.

—Déjame la llave a mí, yo puedo cerrar por dentro y abriré cuando bajes.

Le miraba con ojos suplicantes llenos de terror.

—No puedo hacer eso, aún no sé cómo me las voy a arreglar con esos dos. Si hay problemas o alguno de ellos baja sin que yo le vea entonces ya no tendríamos ninguna posibilidad, me matarían en ese mismo momento y vosotras estaríais a su merced.

Ella asintió, él era su única esperanza, su tabla de salvación, no le quedaba otra que aceptar sus indicaciones. La tomó entre sus brazos besándola, después la retiró suavemente y le acarició el rostro con dulzura.

—Pase lo que pase quiero que sepas que me he enamorado de ti aunque ahora no sea quizás el mejor momento para decirlo. Yo… te quiero.

Nicolae volvió a besarla y se levantó. Giró un momento su cabeza en su dirección guiñándole un ojo antes de cerrar la puerta y echó la llave que guardó después en el bolsillo de su cazadora de cuero. Subió las escaleras con aire decidido, al llegar al rellano de arriba comprobó que su amigo Cosmin se hallaba efectivamente sentado justo al lado de la puerta de entrada escuchando la radio. Le miró desafiante.

—¿Qué haces aquí arriba?, tu sitio está abajo con las mujeres.

—Las he encerrado dentro, siguen dormidas. Necesito beber algo e ir al baño.

Cosmin le miró sonriendo maliciosamente.

—¡Ah, bueno!, mientras tú haces tus necesidades yo podría ocuparme. Dame la llave.

Tendió su mano hacia él.

—De eso nada, ya te ha dicho "tu jefe" que no te acerques a ellas.

Nico se dirigió a la derecha tratando de evitar la confrontación. La cocina tenía la puerta abierta y vio a Radu sentado en una de las sillas frente a la mesa en la que había una botella de whisky y un vaso, tenía el arma allí encima. Cosmin se levantó y le siguió, tenía ganas de darle una lección a aquel muchacho y pronto llegaría su oportunidad, solo era cuestión de tiempo.

Radu ni siquiera le miró cuando entró y se sentó frente a él de forma que podría tener acceso a la pistola alargando su mano.

—¿Puedo?

El otro le acercó la botella y al ir a cogerla Nico casi rozó la pistola. Se levantó y abrió varias puertas hasta que descubrió el armario en el que se encontraban los vasos, cogió uno y cuando iba a cerrar de nuevo Cosmin le detuvo.

—¿Es que no me vas a dar a mí?

Cogió otro y depositó ambos encima de la mesa, los llenó hasta casi la mitad y volvió a sentarse en la misma posición de antes, mientras Cosmin se sentaba a su lado. Bebió un sorbo y observó a Radu con cautela.

—¿Tendremos que esperar mucho?

—Lo que sea necesario, no tengas tanta prisa chico. Bebe tu copa y vuelve con ellas, no quiero tener problemas si es que se despiertan y comienzan a gritar. No me obligues a que sea yo quien las haga callar.

Ni siquiera había levantado la cabeza al decirle esto, Nico sabía que era ahora o nunca. Se levantó de un salto y cogió la pistola colocándose frente a ellos apuntando a ambos indistintamente. Radu le miró entonces de una forma extraña y Cosmin rió estrepitosamente.

—¡Vaya, vaya! Así es que por fin tendremos un poquito de acción. ¿Vas a matarnos nene?

—Ten por seguro que no me costará nada en tu caso así es que deja tu arma con cuidado encima de la mesa y colócate al lado de Radu.

—No saldrás de aquí vivo y lo sabes.

Radu le observaba dejándole hacer tranquilamente.

—¿Crees que soy tan estúpido como para dejar mi pistola encima de la mesa a tu alcance cargada?

El rostro de Nico palideció, apretó el gatillo y solo oyó el clic pero no salió bala alguna del cañón. Radu saltó sobre él como un gato y le propinó un bofetón tan fuerte que lo tumbó sobre el suelo de la cocina. Cosmin saltó a su lado, sacó su pistola y le apuntó directamente a la cabeza mientras miraba a Radu con ojos sedientos de sangre.

—Podríamos terminar ahora mismo, no tenemos más que dejar a esas zorras encerradas abajo, aunque se despierten y chillen nadie las oirá y cuando recibamos la llamada nos largamos y punto.

Aquel pareció pensar unos instantes. Le costaba matar al muchacho a pesar de que sabía que tenía que hacerlo pero hubiese deseado que fuera más tarde. Finalmente asintió.

—Hazlo, no podemos arriesgarnos más.

Cosmin se incorporó propinándole una patada.

—Ya lo has oído pequeño, levanta.

Nico miró a Radu al incorporarse.

—Prométeme que no les harás ningún daño a ellas.

El otro le miró directamente a los ojos.

—No mancharemos nuestras manos con su sangre, no nos conviene. Al único al que tenemos orden de liquidar es a ti.

Se dirigió a Cosmin que parecía disfrutar del momento mirando a Nico con aspecto sádico imaginando una muerte lenta y dolorosa para él. Radu pareció leerle el pensamiento.

—Llévatele fuera y que sea rápido. No quiero ensañamiento alguno con él ¿me has entendido?

Cosmin le dirigió una mirada despectiva, aunque asintió con la cabeza seguía pensando darle su merecido a aquel estúpido. Le indicó que caminara y le siguió apuntándole a corta distancia, Nico abrió la puerta y salieron los dos al campo, le guió hacia la derecha y se metieron en el bosquecillo que rodeaba la casa. La maleza era espesa y los árboles apenas dejaban pasar una tenue luz por entre sus ramas.

Ya no llovía o no lo hacía allí en ese momento, Nicolae imaginó que le llevaba adonde seguramente ya había cavado una improvisada tumba para su cuerpo. En esos momentos le venían a la memoria los tres días que tuvo que pasar en un autobús para llegar a España, el miedo que pasó hasta que se encontró con sus amigos en Madrid. Claudiu le había conseguido en aquel momento una oferta de trabajo para que no tuviera problemas con la policía en caso de que le pararan, ahora imaginaba que dicha oferta seguramente había sido realizada por el propio Viorel, aquel para el que se había visto obligado a trabajar para pagarle el favor y un escalofrío le recorrió la espalda. Le había salido demasiado caro, había venido a España para morir y acabar enterrado en medio de un bosque perdido, su tumba no la visitaría nadie ni nadie sabría jamás lo que le había sucedido. Caminaba con la cabeza agachada. Alex y Claudiu eran primos de un amigo suyo de la infancia, fue él quien le convenció para venirse a Madrid con ellos, le aseguró que podría tener un futuro mejor si lo hacía. Aquel chico se había casado y tenía una hija por lo que le era más difícil poder venir aunque seguía teniéndolo en mente, pero para él, soltero como estaba, sin nada que le retuviera en Rumania, le resultaría mucho más fácil y ahora… ahora ya no volvería jamás. Imaginaba que Alex y Claudiu seguirían su misma suerte pero no sabía si aún seguirían con vida y en donde estarían en ese momento. Miró el reloj, eran ya las dos y cuarto, había sido una larga mañana desde que abandonara su casa para seguir a Silvia.

CAPITULO XX

A oscuras

Elena no escuchaba ya nada, había oído ruidos arriba, voces, golpes y pisadas pero ahora la calma reinaba en la casa. Las paredes de aquel sótano rezumaban humedad y el frío se te metía en los huesos. Ojalá se hubiera vestido aquel día con unos pantalones pero claro, teniendo en cuenta que había salido por la mañana de su casa con la idea de desayunar con su prima e ir de compras después, se había puesto un precioso conjunto consistente en un bonito top negro que cubría con un precioso jersey amplio de color rojo que caía de los lados dejando al aire sus hombros y remataba con un cinturón ancho y una falda ajustada negra por encima de la rodilla. Se había calzado con unas botas altas del mismo rojo del jersey y encima de todo llevaba un abrigo negro largo, desde luego no era la mejor indumentaria para estar allí, se estaba helando.

Miró hacia donde se hallaba su prima que parecía empezar a espabilarse, se dirigió al catre y la sacudió suavemente. No quería que comenzara a chillar asustada así que le tapó la boca como lo hiciera Nico con ella y comenzó a hablarla casi en susurros. Silvia abrió los ojos y la miró con sorpresa, pareció recordar de pronto lo que las había pasado en el coche e hizo un gesto de dolor, tenía el ojo amoratado y la mejilla hinchada.

—No grites.

Ella asintió y Elena retiró su mano de la boca.

—¿Dónde estamos?

—Tranquila pequeña, no nos pasará nada.

Silvia se tocó la roja mejilla.

—Me duele.

—Aquel tipo te pegó un buen golpe.

—Pero ¿qué es lo que quieren?

—Creo que es algo relacionado con tu marido.

—¿Esteban?, ¿qué tiene que ver Esteban con todo esto? ¿Le han hecho algo a él?

—Pienso que no, aunque ya no estoy segura de nada. Creo que pretenden coaccionarle para que colabore con ellos en un robo o algo así. Iban a por ti, querían retenerte al parecer hasta que ellos consigan lo que quieren y después nos soltarán, al menos eso es lo que Nico me ha dicho.

— ¿Nico?, ¿tu amigo rumano? ¿Y tú vas a creer al tipo que nos hizo subir en ese coche?

—Escucha, a él le han obligado a hacerlo, ya sé que no tiene mucho sentido pero le creo.

—¿De verdad?, ¿y dónde está ahora?

—Ha subido para ver si puede deshacerse de los otros dos.

Su prima la miraba con ironía, ¿Cómo podía creer a ese tío?, estaba claro que era una trampa, miró hacia la puerta.

—Ya, y por eso nosotras somos las que estamos encerradas aquí ¿no? Seguramente estará bebiendo tranquilamente con sus amigos mientras nos morimos de frío y cuando estén borrachos entraran por esa puerta para Dios sabe qué. ¿Cómo puedes ser tan ingenua?, esos tipos son delincuentes.

—Piensa lo que quieras, ya podrían haber hecho lo que quisieran en ese caso, ni tú ni yo estábamos en condiciones de defendernos.

La bombilla que colgaba del techo comenzó a parpadear y Silvia se abrazó con fuerza a su prima.

—¡Dios mío!

—No tengas miedo, no dejaré que te ocurra nada ¿de acuerdo?

Miró alrededor y vio la vela sobre el plato de hojalata. Se acercó hasta allí y la cogió. La bombilla volvió a oscilar.

—¿Tienes un mechero?

—Creo que llevo alguno en mi bolso.

Ambas se miraron, allí no estaban. Probablemente aquellos tipos los habían cogido.

Buscaron por toda la habitación por si encontraban algo que las sirviera para encenderla, no había nada. La bombilla parpadeó una vez más y se apagó, la oscuridad las rodeó y el pánico se apoderó de ambas. Se guiaron por la voz y se acurrucaron juntas en uno de los catres tapándose con la manta, Silvia comenzó a llorar como una niña.

—No quiero que le pase nada a mi hijo.

Elena la apretó contra sí, ¿qué diablos le habría ocurrido a Nico? Tal vez su prima tuviera razón y solo le hubiera contado esa historia para mantenerla tranquila mientras se emborrachaba con sus compañeros. ¿Qué posibilidades existían de que una historia como la que le había contado fuera cierta? Quizás cuando le conoció no fue un accidente sino que la iba siguiendo y ella le había metido incluso en su casa… en su cama. No podía ser casualidad que se conocieran y a los dos días se encontrara acechando con aquellos tipos a su prima para secuestrarla. Todo había sido mentira, eso es, la había engañado como a una estúpida, sintió que las lágrimas recorrían sus mejillas. Lloraba en silencio mientras su mente era un torbellino, aquel hijo de puta se la había jugado y lo peor era que le había presentado a su hijo, su niño, ahora también él estaba en peligro .A saber lo que querían hacer aquellos bárbaros, le había dado demasiados detalles a aquel cabrón, apretó los puños clavándose las uñas en las palmas hasta casi hacerse sangre, le mataría con sus propias manos si tenía oportunidad. Oyeron disparos arriba y las dos chillaron, siguieron unos golpes de objetos cayendo y voces. Elena sujetó a Silvia con fuerza.

—Pase lo que pase mantente detrás de mí, ¿entiendes? y a la menor oportunidad echa a correr sin mirar atrás.

—¿Qué vas a hacer?

—Harás lo que te digo.

Lo dijo mientras le sacudía con fuerza, la levantó y avanzó con ella pegada a su espalda, se dirigió hasta donde suponía que estaba la puerta, palpó para asegurarse y se colocaron detrás. En ese momento oyeron unos pasos torpes que descendían y alguien introdujo la llave en la cerradura haciéndola girar.

CAPITULO XXI

La tumba

Llegaron a un claro y vio el agujero a medio hacer, parecía que su verdugo no lo había terminado aún. Cosmin le hizo detenerse al borde del mismo.

—¿Vas a matarme así, cobarde?

Nico sabía que podía hacer perder los estribos a aquel tipejo fácilmente. Conocía a esa clase de matones, no eran de los que obedecían órdenes. Les gustaba actuar por su cuenta y solían ser bastante problemáticos, no como el perro fiel de Radu.

—No será rápido si es a eso a lo que te refieres niño.

—Me refiero a que te creía más hombre. Pensé que te gustaría humillarme primero pero no sé si tendrás agallas como para enfrentarte conmigo cuerpo a cuerpo, sin armas.

—¿Crees que no puedo contigo?

—Creo que eres muy valiente porque llevas un arma.

Cosmin emitió una sonora carcajada, tiró a un lado la pistola y sacó una enorme navaja. Le hizo volverse y comenzó a quitarse la ropa, se despojó del chaquetón y el jersey de cuello vuelto que llevaba dejando su torso al descubierto. Realmente era un tipo muy fuerte, comenzó a pasar la navaja de una mano a otra.

—Vamos a ver ahora quien es el valiente.

Nicolae observaba sus movimientos, sabía que le descuartizaría vivo. La única posibilidad que tenía era utilizar su mejor arma, debía conseguir que la rabia y el deseo de venganza le hicieran precipitarse al otro, desviar su atención y alcanzar la pistola antes de que le clavara aquella hoja afilada.

—¡Vaya!, veo que no eres el mierda que yo imaginaba, ahora nos entendemos.

Comenzó a moverse hacia un lado con sigilo.

—Si no te importa, yo me quedaré con la ropa puesta. No quiero morir de una pulmonía.

—Estoy seguro de que no morirás de eso.

—¿Tú crees? Yo creo que serás tú quien ocupe mi lugar en ese agujero, es una buena tumba para un mierda como tú. Ya he visto como te manda Radu, ¿eres su perro?, a lo mejor también le haces de mujer de vez en cuando.

El otro ya no aguantó más, se había contenido demasiado tiempo. Se lanzó sobre Nicolae con la fuerza de un toro y le propinó un tremendo puñetazo en un costado retirándose de nuevo, estaba claro que no iba a terminar pronto, quería divertirse con él. Nico cayó al suelo de rodillas, sabía en donde golpear aquel cabrón. Se levantó haciendo esfuerzos por respirar y le miró desafiante, el otro ya había empezado a bailar a su alrededor como un león acechando a su presa. Nico se agachó rápidamente cogiendo un puñado de tierra que le lanzó a la cara, su adversario lo esquivó como un gato pero eso le dio la oportunidad de lanzarse corriendo al lado en donde sabía que estaba la pistola. Cosmin se tiró cayéndole encima agarrándole del pelo y tirando hacia atrás de su cabeza, estaba totalmente a su merced, pero con su brazo derecho consiguió alcanzar la pistola que tenía justo debajo de su cuerpo, aunque era incapaz de moverse con él encima, no le serviría de nada.

—¿Es así como te gusta cariño?, ¿con violencia?

Nico sintió una punzada y chilló, le había clavado en un costado. Sabía que Cosmin no quería acabar tan pronto y supuso que le habría asestado una puñalada mortal pero que no le mataría de inmediato. El otro se levantó, estaba tan ciego de ira que no se había dado cuenta de que la pistola estaba justo debajo de su cuerpo.

—Levanta pequeño, aún puedes seguir luchando un poco más, eres lo bastante fuerte como para hacerlo, lo sé. Tardarás en morir, lo harás lentamente y con terribles dolores. Me suplicarás que te mate porque no podrás resistirlo.

Nico se revolvió entonces sobre sí mismo quedando boca arriba apuntando y disparando directamente al cuerpo de aquel tipo que, asombrado, le miró de frente en el mismo instante en que la bala entraba casi a la altura del corazón. Siguió disparando hasta descargar el cargador de la pistola, no por rabia si no por la duda de que aquel Cosmin fuese un diablo en vez de un hombre y no muriera con solo un par de tiros.

Cayó de rodillas delante de él con la navaja aún levantada amenazadoramente, le miró y aún pudo dedicarle una sonrisa antes de caer de bruces sobre la tierra justo a sus pies.

—¡Vaya! parece ser que tú no tardarás tanto en morir, cabrón.

Se levantó, le costaba respirar, se miró la herida, era profunda y sangraba a borbotones. Sabía que era cuestión de minutos o una hora como máximo que muriera, cogió un puñado de tierra del suelo y se taponó con ella, poco importaban las infecciones ni nada por el estilo, su suerte ya estaba echada. Lo único que le preocupaba era tener tiempo de llegar a la casa, reducir a Radu y liberar a las chicas y para ello solo necesitaba no desangrarse demasiado rápido. Cogió el jersey que Cosmin había dejado tendido en el suelo y se lo ató como pudo alrededor de su cuerpo para ejercer algo de presión. Sacó el cargador vacío y puso otro que encontró en el cinturón del difunto, cogió también la navaja, tuvo que abrirle la mano porque la tenía fuertemente agarrada. Tapó entonces su cuerpo con el abrigo del que se había despojado para luchar, le daba pena dejarle allí en medio del bosque con el torso descubierto. El no era ningún salvaje, tenía sentimientos.

CAPITULO XXII

Coraje

Radu miró su reloj, tardaba mucho ese estúpido, seguro que no le había obedecido como en otras muchas ocasiones y se estaba ensañando con el muchacho. ¡Ese estúpido monstruo sádico!, no entendía como Viorel seguía confiando en él, era el típico que podía cometer errores por no obedecer las órdenes que se le daban, no tenía cabeza, era un hombre cruel y sangriento al que le gustaba su trabajo. Solía hacerse cargo de dar palizas a gente que no pagaba o a la que Viorel deseaba dar algún escarmiento y en alguna ocasión se había propasado y había matado a dos o tres aunque por ello lo único que recibía era algún sermón. Siempre prometía que no volvería a pasar pero no era capaz de contenerse.

A Radu no le gustaba demasiado tenerle como compañero, él no era así. Trabajaba para Viorel porque era lo único que había hecho desde crío, su familia era tan pobre allí en Rumania que se vio obligado a buscarse la vida y entró en aquella mafia. Se dedicaban a robar y extorsionar y aquello pasó a ser su oficio, leal como un perro se ganó enseguida la confianza de los tres hermanos: Viorel, Andrei y Alin y se vino a España con los dos primeros. Se dedicó entonces durante un tiempo a pasar rumanos a través de Francia, trabajo por el que la mafia les cobraba un dinero. Era un buen negocio y no tenía necesidad de pegar ni matar a nadie pero ahora que Rumania era Comunitaria ya nadie solicitaba ese tipo de servicios por lo que había pasado a ser uno de los guardaespaldas personales de Viorel. El navajazo que le recorría la cara era fruto de una pelea con una banda de rusos. Los enfrentamientos con otras mafias eran casi inevitables y aquel que le rajó era un individuo pequeñajo pero muy fuerte, habían tenido un altercado con su banda porque introdujeron droga en un territorio que reclamaban como suyo. Viorel tenía que entrevistarse con el otro jefe en un punto pero cuando se producen ese tipo de reuniones todos saben que lo que menos habrá será diálogo. Esas cuestiones suelen solucionarse con varios heridos aunque procuran no llegar a matarse para evitar la investigación policial.

Se echó un poco más de whisky y bebió, era capaz de beber mucho, demasiado, sin llegar a estar borracho, estaba acostumbrado a hacerlo. Acarició la enorme cicatriz de su rostro, últimamente se le había metido en la cabeza que debería visitar a algún cirujano plástico para que tratara de corregir aquello. Quizás lo hiciera cuando terminara aquel trabajo, sonrió para sí, no le había impedido hasta ahora estar con chicas, de acuerdo que se trataba de prostitutas pero a muchas de ellas les gustaba porque le daba un aire de tipo duro. A veces se preguntaba cómo sería su rostro sin ella. Miró su reloj, eran casi las tres menos cuarto, escuchó entonces el ruido de la puerta de entrada, ¡vaya!, ese gilipollas ya había terminado. Lo sentía por el chico, esperaba que no le hubiera dejado atado en el bosque con una herida dolorosa que le produjera una muerte lenta para enterrarle más tarde, el chaval no tenía culpa de nada, solo era una pieza más que Viorel había movido a su antojo.

—Espero que no haya sufrido, Cosmin.

—Sufrirá más de lo que se merece.

Levantó la cabeza al escuchar la voz de Nico y le vio de pie apoyado en el quicio de la puerta de la cocina apuntándole con una mano mientras con la otra en la que aún llevaba la navaja se sujetaba el costado. Se dio cuenta de que estaba mortalmente herido y apenas se movió.

—¡Vaya!, siempre pensé que a ese imbécil le darían su merecido. ¿Está muerto?

—Totalmente.

Nico sacaba fuerzas de donde podía, su rabia y la decisión de ayudar a Elena le mantenían en pie. Ese Cosmin tenía razón en cuanto al dolor y su rostro estaba totalmente desencajado por él, estaba helado y tiritaba compulsivamente mientras un sudor frío le invadía todo el cuerpo.

—Veo que él también ha hecho su trabajo a pesar de todo. ¿Quieres un trago?

Llenó uno de los vasos y se lo ofreció empujándolo por encima de la mesa, sabía que si podía distraerle un poco posiblemente caería de bruces en el suelo muerto. Nico sonrió, le hubiera gustado beber, le serviría para aguantar mejor los dolores que sufría, pero no tenía tiempo.

—Buena maniobra, te advierto que no moriré, es cuestión de dignidad, de la poca que me queda ya, pero no te daré ese gusto.

Radu saltó de la silla con rapidez y se la lanzó a Nico que recibió el impacto de lleno incapaz de moverse apenas. Fue un buen intento pero el disparo ya había salido de su arma cuando el cuerpo de su compatriota llegaba hasta él recibiendo el tiro a bocajarro en el estómago, el tipo retrocedió mirando al chico con admiración.

—Eres valiente chaval, muy valiente, ojalá nos hubiéramos conocido en otras circunstancias, seguro que tú y yo habríamos llegado a ser amigos.

Radu quería terminar con todo aquello, su vida había sido demasiado dura pero no había podido elegir. Cogió otra silla y se sentó, sabía que era su fin y no deseaba luchar más, tomó el vaso de whisky que dejara antes y bebió de un sorbo. Estaba cansado, a pesar de contar apenas veintinueve años parecía haber vivido cien, volvió a ofrecerle un trago a su verdugo.

—Ya has acabado, ahora sí que puedes sentarte conmigo y beber.

Nico bajó el arma y se apoyó de nuevo en la pared dejando caer la navaja al suelo. Aquello dolía demasiado.

—Lo siento amigo, pero aún quiero despedirme de alguien.

Giró y se dirigió a las escaleras, apenas podía bajar por ellas, oyó a Radu canturrear una vieja canción popular rumana que le hizo recordar sus orígenes. Al llegar abajo buscó la llavecita que había guardado con tanto afán en su bolsillo y la introdujo en la cerradura haciéndola girar y empujando la puerta utilizando todo el peso de su cuerpo y cayendo al interior de aquel cuartucho oscuro y frío quedando tirado allí inerte.

CAPITULO XXIII

La tercera alma

Silvia chillaba agarrada a su prima, no entendía qué pasaba. Alguien había caído en el suelo dejándolas aprisionadas con la puerta, Elena empujó y consiguió separarla lo suficiente para pasar al otro lado, se dio cuenta entonces que quién yacía allí delante era Nicolae. Se agachó gritando su nombre y le giró para verle el rostro, tenía los ojos cerrados pero los abrió al escuchar la voz de ella. Apenas podía mantener una ligera respiración, el dolor era enorme ahora, se había movido demasiado y aquello había acelerado el proceso mortal. Elena se dio cuenta de que estaba empapado, le arrastraron entre las dos hacia fuera para ponerle a la luz y vio que iba dejando un rastro de sangre. Le quitó entonces el jersey que llevaba anudado alrededor del cuerpo y se dio cuenta del profundo navajazo que tenía en el costado, estaba lleno de tierra que se había mezclado con el líquido rojo formando una pasta parecida al barro.

Le incorporó con cuidado la cabeza y le miró a los ojos, estaba segura de que la herida era mortal aunque no entendía demasiado. Nico la miró y sonrió.

—Te dije que volvería a buscaros y lo he cumplido.

—No hables.

Las lágrimas habían asomado a los ojos de ella, se sintió avergonzada de los pensamientos que había tenido mientras estaba allí encerrada abrazando a su prima contra su pecho. El no era como aquellos tipos, su prima se había equivocado y ella no.

—No creo que ahora importe demasiado, no llegaré mucho más lejos.

—No digas eso, te pondrás bien, llamaremos a una ambulancia. Te llevaré al Hospital y allí te curarán, ya lo verás.

Se volvió hacia su prima que miraba con lástima a aquel chico.

—Sube arriba y busca los bolsos, llama desde el móvil.

Nico la detuvo extendiendo su mano hacia ella.

—Coge la pistola, yo traía una pistola. No sé si el tipo de arriba sigue aún con vida.

Silvia buscó unos metros más atrás, en el lugar en el cual había quedado él tendido en el umbral de la puerta, allí encontró el arma que había soltado al desplomarse y la empuñó firmemente. Miró a su prima antes de ascender por la escalera.

—Ten mucho cuidado

Le dijo ella al verla desaparecer. Lo tendría, estaba segura de que dispararía si encontraba a aquel hombre con vida. La experiencia que se habían visto obligadas a vivir y la idea de perder a su hijo la había convertido en otra persona, nadie podría ya ponerse en su camino.

—No saldré de aquí y tú lo sabes, escucha, esta casa está en un pueblo llamado Horche. Es lo que vi cuando veníamos en el coche, dile a la policía que…

Se detuvo tosiendo, cada vez le costaba más seguir respirando. La sangre empezaba a salir por la comisura de sus labios.

—No quiero que me entierren aquí, prométemelo, es el único favor que te pido. Devuelve mi cuerpo a Rumanía, te lo ruego, no tengo dinero pero… solo quiero volver junto a los míos.

Ella lloraba amargamente mientras le escuchaba.

—Te lo juro, te juro que te llevaré de vuelta a tu casa.

—Eres lo mejor que me ha pasado ¿sabes?

Elena le besó tiernamente manchando sus labios con su sangre.

—¿Hubiera sido bonito, verdad?

—Seguro que sí, ¿sabías que en mi ciudad, en Brasov, fueron construidos 80 aviones de combate durante la Segunda Guerra Mundial? Me hubiera gustado enseñártela y presentarte a mi familia.

Ella le abrazó con dulzura besándole todo el rostro.

Su prima apareció de nuevo con respiración agitada y muy nerviosa.

—El tipo de arriba está muerto, caído sobre la mesa. Aún mantenía la botella de whisky en la mano, pero no hay ni rastro de nuestros bolsos. He buscado en los bolsillos de ese tipo pero no tiene ningún teléfono, solo un pinganillo que lleva en la oreja y desde el que seguramente habrá informado a los otros. Tenemos que irnos Elena, el coche en que vinimos sigue en la puerta, vendrán aquí estoy segura, vendrán y nos matarán a las dos.

Tiraba de ella, le daba lástima aquel chico pero el terror la invadía, Elena le miró.

—No pienso dejarle aquí tirado, ayúdame.

—¿Estás loca?, no podremos subirle por estas escaleras las dos solas. Te recuerdo que estoy embarazada, podría perder a mi hijo.

—Entonces lo haré yo. Lo único que te pido es que me ayudes a ponerle encima de mis hombros, solo eso.

Silvia no podía seguir discutiendo, le agarró como pudo por los hombros y entre las dos consiguieron ponerle de pie. Nico chillaba de dolor, aquello no era nada agradable pero tampoco quería que su cuerpo quedara allí para que aquellos tipos le enterraran en el bosque o le tiraran a un río. Quería volver a Rumania y ella se lo había prometido, sabía que lo haría.

Elena le hizo apoyarse sobre su cuerpo a modo de carretilla, tenía mucha fuerza y sabía que podría hacerlo. Su prima la ayudó con las piernas y entre ambas le subieron como pudieron. Nicolae colaboraba todo lo que podía, sacaba sus fuerzas de la idea de que su madre al menos tendría su cuerpo de vuelta y sabría lo que había pasado.

Después de unos minutos angustiosos consiguieron meterle en el coche en el asiento trasero, Silvia se puso al volante mientras Elena se sentó junto a él cogiéndole la mano.

—Aguanta un poco más.

Aunque sabía que era inútil, la cantidad de sangre que había perdido era demasiada. Nicolae la miraba divertido.

—Me alegra saber que te importo tanto. No olvides lo que me has prometido.

—No lo olvidaré.

Silvia arrancó y comenzó a conducir hacia la entrada, el portón se hallaba cerrado, se bajó del coche y lo abrió. Se había calmado un poco al sentirse fuera de aquel cuarto oscuro y podía pensar con mayor claridad. Recordó lo que Nico le había contado a su prima, si era cierto y parecía que sí lo era, no deberían ir a la policía, su marido estaba implicado en todo aquello y seguramente si lo hacían Esteban correría peligro. Esos tipos le matarían si contaba lo más mínimo.

Cuando se puso de nuevo al volante le transmitió sus pensamientos a Elena que, sentada en el asiento de atrás no dejaba de acariciar y besar a aquel muchacho moribundo.

—No diremos nada a la policía, no antes de que hayamos hablado con Esteban. Si denunciamos, seguramente le matarán a él, o puede que incluso a todos.

—Pero Nico necesita un hospital, tenemos que buscar ayuda para él.

—Sabes que se muere.

Silvia adoraba a su prima, pero no quería tampoco poner la vida de su marido en peligro. Sabía que no había solución para el chico.

Nicolae apenas escuchaba aquella conversación, su mente oscilaba entre los dos mundos, el de los vivos y el de los muertos. Elena lloraba amargamente con la cabeza de él apoyada en su regazo.

—Se lo he jurado, le he jurado que le llevaría de vuelta a Rumania.

Silvia trataba de pensar con lógica, no quería hacer daño a su prima, pero tenía que evitar a toda costa que todo aquello saliera a la luz. Le daba igual la justicia de los hombres, ella sabía que ellas y su marido tan solo eran víctimas inocentes.

Pasó de largo el pueblo que encontró en la carretera, los cristales oscuros del coche no permitirían a nadie ver lo que ocurría en su interior. Elena suplicaba desde atrás pero ella continuó conduciendo.

—No haremos nada, iremos al chalet de la sierra de mis padres y meteremos el coche en el garaje. Desde allí podré llamar a Esteban y después ya veremos.

Elena miró a Nico angustiada, sabía que su prima tenía razón pero se lo había jurado. El pareció recobrar un poco la consciencia e hizo un último esfuerzo para levantar su brazo izquierdo buscando algo, ella se dio cuenta de que trataba de ver su reloj y le ayudó acercándoselo a la cara. El la miró agradecido y observó las manecillas, pero sus ojos ya apenas le dejaban ver con claridad.

—¿Qué hora es?

Ella observó el reloj limpiando la sangre que se había pegado al cristal.

—Son algo más de las tres y media.

—Buena hora.

Elena echó la cabeza hacia atrás gritando de ira.

—¡Por Dios!

Cuando volvió sus ojos hacia él comprobó que ya se había ido. Mantenía los ojos abiertos, fijos en algún punto del infinito y una leve sonrisa iluminaba su rostro, un rostro que ahora le parecía aún más hermoso que cuando le descubrió aquel mediodía en la calle. Puso su mano cuidadosamente sobre sus párpados y los cerró gritando de dolor. Ahora sabía que ya jamás tendrían una oportunidad, sabía que nunca más volvería a verle y que se convertiría en su obsesión porque era el primer hombre por el que de verdad había sentido algo muy especial, quizás por lo efímero del tiempo disfrutado. Le besó por última vez, aprovechando que aún mantenía el calor corporal al que le seguiría la frialdad de la muerte, esa muerte que les había separado para siempre. Tenía sus manos manchadas de sangre, de su sangre.

CAPITULO XXIV

El último viaje

Elena se hallaba de pie frente a la tumba de su amado que se encontraba dentro de un pequeño pero magnífico mausoleo en la ciudad de Brasov.

—Ya estás en casa, cariño.

Hacía mucho frío, era el mes de Enero y la nieve cubría todo aquel paisaje en el exterior. Abrió su bolso rebuscando algo dentro, había guardado el reloj de Nico durante todo este tiempo, el mismo reloj que él llevaba puesto cuando murió en sus brazos, jamás salía a ninguna parte sin llevarlo encima. Lo miró, seguía marcando la hora de su muerte, mágicamente su pila dejó de funcionar al mismo tiempo que su corazón se había parado, lo apretó contra su pecho unos segundos y volvió a meterlo en su bolso. Era el único recuerdo que le quedaba de todo aquello.

Sacó unas flores que se hallaban ya marchitas de uno de los jarrones que se encontraba al pie de la tumba sobre la que había una preciosa escultura de él inacabada y puso flores frescas. Limpió el escalón de piedra y se sentó aspirando el aire que la rodeaba, le gustaba estar allí, a solas con él, llevaba ya dos semanas en Rumania, todo había salido perfecto. Su abogado había hecho un magnífico trabajo, los restos de los padres de Nicolae también descansaban allí en un lateral, Esteban se había encargado de trasladar sus restos. Justo al lado de la de él había otra sepultura preparada con otra preciosa escultura de ella sobre la lápida aunque se hallaba igualmente sin terminar aún. Cuando Elena la ocupase al fin había ordenado que las manos de ambas se juntaran, ahora descansarían juntos toda la eternidad algo que no pudieron hacer en vida.

Después de conocerle y perderle en tan breve espacio de tiempo su corazón se había secado, se marchitó como las flores que acababa de quitar de aquel jarrón. Después de él no hubo nada más, solo el vacío tan solo llenado por los momentos felices pasados junto a su hijo Pablo. El y su trabajo la habían mantenido con vida aunque lo que más la había ayudado era la promesa que le hiciera y que no había podido cumplir hasta entonces.

Había tratado de no pensar en aquel día. Lo había borrado de su mente como si nunca hubiera ocurrido, pero ahora todo se agolpaba de nuevo en su cabeza.

Esteban ideó un plan para no verse involucrado ni él ni su familia, no temía ir a la cárcel si lo contaban a la policía, él más que nadie deseaba hacerlo y que su compañero pagara por todo aquello pero tenía miedo de aquella mafia. Sabía que les matarían de haber abierto la boca, así es que él y Carlos se habían deshecho del coche que Silvia condujera desde Horche hasta el chalet de sus padres en Robledo, un pueblo de la sierra. Enterraron después el cuerpo de Nicolae en el jardín de la casa, en un tramo justo a la entrada a la derecha. Posteriormente Elena la había comprado para poder estar cerca de él y trasladó hasta allí su residencia habitual, plantando entonces el jardín que mantenía tan bien cuidado por sus propias manos, aquel que su hijo siempre admiraba.

Los cadáveres y las posibles pistas que hubiera en el caserón de Horche jamás aparecieron por ninguna parte seguramente borradas por los hombres de Viorel. Los dos vigilantes fueron investigados durante un tiempo por la policía aunque jamás encontraron nada que les incriminara. Elena consiguió entonces que Esteban entrara como abogado en su empresa.

Todos habían recibido amenazas de una u otra forma para mantenerles callados. Habían vivido con miedo durante mucho tiempo sabiéndose vigilados de cerca por hombres que parecían sombras, sombras que les seguían a su trabajo y de vuelta a casa. Al menos estuvieron dos años así hasta que de pronto, un día, desaparecieron de sus vidas.

Elena llegó a echar de menos aquello, una vez que entendió que no corría peligro y pasó a llevar una existencia más tranquila fue cuando comenzó a sufrir más. Cuando despareció la amenza su mente comenzó a llenarse con sus recuerdos y la fue minando poco a poco. Ahora, estando en Rumanía, había sentido de nuevo aquella sensación de vigilancia. Durante estos días parecían seguirla a todas partes, no le asustaba en absoluto, ahora ya no.

Sintió que se abría la puerta del mausoleo y oyó unos pesados pasos que descendían con dificultad por la escalinata pero ni siquiera se movió, un hombre grueso se colocó a su lado.

—Por fin has conseguido traerle, me preguntaba cuándo lo harías.
Elena levantó su rostro hasta el, desde luego era rumano pero hablaba en un español perfecto.

—¿Le conocía?
—No personalmente, conocí a los dos chicos que vivían con él en el piso de Madrid.
El hombre observaba con ojos perdidos aquella tumba, tenía todo el pelo blanco como la nieve que cubría el campo afuera y su rostro estaba arrugado. Parecía enfermo, muy enfermo.

—¿Vd. vivía en Madrid?
—Sí, durante muchos años, luego regresé aquí cuando las cosas mejoraron en mi país.
Elena no estaba asustada ante su presencia, aunque imaginaba que dos matones estarían custodiando la puerta del mausoleo.

—Me ha estado siguiendo desde que llegué a Rumania.
—No tienes por qué preocuparte pequeña.
—No estoy preocupada, solo tengo curiosidad.
—Solo soy un viejo amigo, demasiado cansado como para hacerte daño.
Puso su mano sobre aquella sepultura y pareció rezar durante unos momentos, luego se volvió hacia ella.

—Me alegro que hayas conseguido devolverle a casa, con esto has aliviado un poco el peso de mi alma, Elena.

A ella ni siquiera le sorprendió que la llamara por su nombre, el hombre comenzó a subir la escalinata para marcharse.

—Dile a Esteban que ha hecho un buen trabajo, aunque yo me ocupé de que lo lograra.

Elena continuó allí sentada sin moverse mientras él desaparecía con el mismo sigilo con el que había entrado. Cuando sintió la puerta cerrarse de nuevo sintió un ahogo en su pecho y se apoyó sobre la fría piedra.

—Ya no tardaré mucho en estar a tu lado.

Mientras, en el exterior, el hombre grueso caminaba dejando sus huellas sobre el blanco y espeso manto de nieve. Un hombre le acompañaba a su lado hasta llegar a un lujoso coche en el que un chófer le esperaba pacientemente. Se apoyó en la puerta que le habían abierto poniéndose la mano sobre el corazón y el que le acompañaba le agarró del brazo.

—¿Estás bien, Alin?
El se deshizo de su mano con un brusco ademán.

—No te preocupes tanto por mí, no voy a morirme ahora, sé que aún tengo que vivir unos cuantos años más para seguir sufriendo. No creas que Dios se ha apiadado tan pronto de mi alma.
El otro sacudió la cabeza pacientemente, conocía el mal humor que le caracterizaba. Sin volver a mediar palabra dio la vuelta al coche y subió en el asiento del conductor.

El vehículo se puso en marcha y salieron de aquel cementerio. Alin bajó la ventanilla y aspiró profundamente el aire de su tierra mientras tomaban velocidad por la carretera y se perdían entre la blanca nieve.